惣《そう》角《かく》流《る》浪《ろう》

今野　敏

目次

惣角流浪

第一章

一

「なに……。山賊……？」

少年は、村人たちが怯《おび》えた様子で何やら噂《うわさ》しているのを耳にして、思わずそう尋ねていた。

村人たちは、胡散臭《うさんくさ》げに背の低い少年を見た。少年は、旅姿だった。彼は、東京からようやく、故郷の会津坂下《あいづばんげ》まで戻ってきたところだった。

彼が生まれた御池田《おいけだ》の武田屋敷までは、あと一歩という距離だった。

「どこに出るのだ？」

少年は、村人たちにさらに尋ねた。

彼は、もうじき十六歳になろうとしている。その態度から、武士の家柄であることがわかった。

少年は奇妙な顔つきをしていた。丸い顔に、これまたまん丸の目が付いている。まるで地蔵がびっくりしたような顔だ。

だが、その丸い大きな眼の光が威圧的だった。彼の眼はよく光り、相手の顔を睨《にら》むように見つめるのだった。

村人のなかには偉そうな少年に反感を抱いた様子の者もいた。しかし、会津という土地柄のせいで、明治になったこの時代でも武士は尊敬され、あるいは恐れられていた。

「あの山に出ますので……」

四十がらみの農民がこたえた。その男は、よく日に焼けており、背が丸く早くも腰が曲がっていた。長年の農作業のせいだろう。

農民は、小高い山を指さした。田畑の向こうにある山だ。

少年の家とは反対の方角だった。

「どんなやつらだ？」

「三人組だと聞いております。山道を通る村の者や旅人が金を盗まれたり、身ぐるみを剝《は》がれたり……。殺された者もおりますし、手込めにされた娘もおります……」

「なぜ捕らえんのだ？」

「めっそうもない。えらく腕っぷしが強いやつらで、しかも猿のようにすばしっこいらしい……。このごろは、誰《だれ》も恐れて山に近づこうとしません」

その男の話では、村人はさすがに警戒をして山には近づかないのだが、旅人が襲われたり、被害はいっこうに減らないらしい。

会津坂下は、会津盆地の中央に位置している。只見川《ただみがわ》と阿賀川《あがかわ》が流れ、越後街道と沼田街道が通っている。

　水運、陸運の要所として早くから開け、村は市場で栄えた。四季折々に多くの人々がこの地を訪れた。

　山賊は、その旅人に眼をつけたのだった。

「ふん。つまらぬやつもいるものだ」

　少年は言った。

　村人たちは、少年の不敵な面構えを見て、そっと顔を見合わせた。少年は、髪を短く刈っており、頭の両側のこめかみのやや上のあたりにすれたあとがあった。

　いわゆる鬢《びん》ずれで、剣の稽古《けいこ》で面をつけるためにできるものだった。よほどの猛稽古を続けなければできないものだ。少年は、東京の榊原鍵吉《さかきばらけんきち》のもとで直心影流《じきしんかげりゅう》の稽古をしていた。

　榊原道場の内弟子となり、日夜、激しい稽古をつづけていた。

　東京で直心影流を学ぶまえは、坂下の養気館《ようきかん》で渋谷東馬《しぶやとうま》から小野派一刀流を学んでいた。

　村人たちは、見るからに気性の激しそうな少年を見て、一瞬、期待をしたようだった。しかし、村人たちは、すぐにそれがあまりにもばかげた期待であることに気づいた様子だ。

　相手は、凶悪な三人組だ。いくら、武者修行をしたといっても、少年は、まだまだ若造だった。

　山賊に太刀打ちできるとは誰も思わないだろう。

　少年は、その気配を察した。

「俺が行ってこよう」

村人たちは、眉《まゆ》をひそめた。

四十がらみの農民が言った。

「やめたほうがいい。返り討ちにあいますよ……」

別の男が言った。

「また、死人が増えるだけだ……」

少年は平然と言った。

「やってみなけりゃわからない」

村人のある者は心配そうな顔になり、ある者は、小馬鹿にしたような表情になった。

少年は、すでに山のほうに歩きだそうとしていた。

ふと彼は振り返り、村人たちに言った。

「俺がもし戻らなかったら、御池田の武田の家に知らせてくれ」

「御池田の武田……。武田屋敷……」

四十がらみの腰の曲がった農民がつぶやいた。次の瞬間、農民ははっと目を見開き、声を高くした。

「じゃ、あなたは、武田さまの……」

「惣角《そうかく》だ……」

「武田の若虎……」

少年は、彼らに背を向けて山に向かって歩きはじめた。

村人たちの視線を背中に感じていた。

惣角は、沼田街道の七折峠《ななおりとうげ》に向かっていた。今ごろ、坂下では、村人たちの間で、武田の若虎が山賊退治に山へ向かったという知らせが広がっているはずだ。

昨年の春、惣角はやはり、東京の榊原道場から、郷里に帰る折、暴徒の喧嘩に巻き込まれたことがある。猪苗代《いなわしろ》のある橋に差しかかったときのことだ。

すでに、日が暮れて、あたりは暗かった。惣角は、いきなり、数人の男たちに襲われた。

さらに反対側からも複数の男たちがやってこようとしていた。

惣角は、まったく迷わなかった。

一瞬にして頭に血が上ったが、それはうろたえたためではなかった。

体が臨戦態勢に入ったのだ。彼は、確かに興奮状態にあったが、心は逆にしんと静まり返ってしまった。

奇妙な状態だった。

惣角の体は、相手に自然に反応していた。彼は、愛刀の虎徹《こてつ》を抜き払うと身を沈め、迫ってくる男たちに向かって真横に薙《な》いだ。

相手の足を狙《ねら》ったのだ。

惣角は、相手の上半身や胴体には目もくれなかった。

彼は、踏み出してくる男たちの脛《すね》を斬《き》り払っていた。

暴徒たちも頭に血が上っている。中途半端な反撃だったら、あっという間に蹴散らされていたかもしれない。

惣角は、迷わず、ためらわず、冷酷に相手の足を斬った。

四人の足を斬ったとき、初めて暴徒たちは、惣角のやったことを認識した。男たちは、二の足を踏みはじめた。惣角は、相手が怯《ひる》んだ一瞬を見逃さず、橋から川へ飛び込んだ。

春とはいえ、川の水は冷たかった。しかし、飛び込まなければ殺されるのは明らかだった。

こうして、惣角は、九死に一生を得たのだった。

その噂を、すでに坂下の人々は知っていた。惣角は、地元でも有名な乱暴者たちの乱闘に巻き込まれたのだった。

暴徒の乱闘のなかを生きて脱出したという噂は、尾ひれがついて広まっていた。

その惣角が、今、山賊と戦いに山に向かっているのだ。村人たちは、無責任に、その結果について話し合っているに違いない。

惣角は、そんなことは意に介してはいなかった。関心は、戦いにしかない。

山賊というからには、それなりの腕を持っているのだろうと、惣角は思った。

侍くずれかもしれない。

明治になって、禄《ろく》を失い、無頼の徒となった侍は多い。

賊だからといってなめていては、ひどい目にあうかもしれないのだ。無頼漢のなかには、相当な武術の修行をした者もいる。

七折峠のふもとまでやってきたときには、すでに日が沈んでいた。惣角は、まったく躊《ちゅう》躇《ちょ》せずに山道に分け入った。

峠の道は、くねくねと曲がりくねっており、見通しが悪い。

左右は、深い山林だった。

(さて、この惣角を襲う覚悟があるのなら、早く出てくることだ)

まだ十六歳でしかない惣角は、不敵にも心の中で、山賊たちにそう語りかけていた。

二

触れるだけで相手を投げ飛ばしたり、四、五人の相手を一瞬にして、押さえつけて動けなくしてしまう武術があると言っても、いったいどれだけの人が信じるだろう。

だが、その武術は実在する。魔法のようだが、神秘な力を使っているわけではない。実に合理的な動きの集大成なのだ。徹底的に無駄を排除した動作が、一見、超自然的な技を可能にする。

その武道は、大東流合気柔術《だいとうりゅうあいきじゅうじゅつ》と呼ばれている。

相手にズボンの裾《すそ》を握らせておいて、ひょいと足を動かすだけで相手がころりと転がってしまう。そうした術を自在に駆使する大東流合気柔術の使い手が、現在でも何人かいる。

その大東流合気柔術の中興の祖が、武田惣角だ。

大東流は、代々武田家に伝わった武術といわれている。起こりは、八幡太郎義家の弟、新《しん》羅《ら》三郎《さぶろう》義光《よしみつ》だという。

新羅三郎義光は、近江《おうみ》の大東の館に住み、大東三郎とも呼ばれていた。大東流の名はこれに由来するとされている。

新羅三郎義光の技は、源氏に伝わる秘術に工夫を加えたものだといわれ、その源流は、古来の『手乞《てご》い』に行き着くと伝えられている。

『手乞い』というのは、古事記に登場する武術だ。武術とは言いがたいかもしれない。技の体系がどこまであったか疑問だからだ。

オオクニヌシの国譲りの際に、アマテラスが遣わしたタケミカヅチと、オオクニヌシの息子のひとりであるタケミナカタが戦う。そのときの技が『手乞い』だ。

古事記の記述では、互いに手を取り合った状態からタケミカヅチがタケミナカタを投げたとある。

おそらく相撲の原型だろうといわれている。この『手乞い』が清和源氏に継承されたのだという言い伝えがある。

さまざまな武道の流派が、その流祖伝説を作るのは珍しいことではない。現在、多くの武道があるが、清和天皇を流祖とするものが少なくない。

武術家にとって源氏というのは、それくらいに尊ばれたのだ。

ともあれ、大東流が甲斐《かい》の武田家に伝わったというのは本当のことだ。武田氏が国継の代になり、会津の大名に仕えた。以来、国継の末孫は、伊勢宮の宮司を兼ねて会津に定着した。

惣角は、この武田家の生まれだ。

一方、徳川二代将軍秀忠の第四子、幸松丸は、武田信玄の家臣である保科《ほしな》正直の子、正光の養子となり、保科正之と名を改めた。会津藩の大名となった正之は、武田国継から伝承された大東流を殿中の護身武術とした。この武術は『御式内《おしきうち》』と呼ばれている。

正之は、『御式内』を老中、重臣などに習わせた。さらに、将軍家指南役小野忠常から小野派一刀流を学び、『御式内』と小野派一刀流を歴代会津藩主に継承させた。特に、『御式内』の指導については、上席家老西郷家に委ねたという。

これが、大東流が会津の地に根づいた由来だ。

惣角は幼いころから、武田家に代々伝わる大東流を祖父や父から教わっていた。

武田家は、国継から主税《ちから》、信次、さらに四代を経て惣右衛門と続く。惣右衛門の長子、惣吉は、父祖伝来の田畑を持ついわゆる郷士だった。

惣吉は、体重が百十キロもある大男で、相撲が強く土地の大関力士だった。また、剣術、棒術にもすぐれており、屋敷内の蔵を道場にしてこれらの武術を教えていた。

さらに、学識もあり、近くの寺を寺子屋として開放した。その寺で相撲も教えた。

惣角は、この惣吉の四人の子のひとりだ。万延元年（一八六〇年）十月十日に惣吉の次男として生まれた惣角は、父親から武芸の才能だけを継いだ。

惣吉は、京都鳥羽伏見の戦いと会津戦争に力士団を率いて砲撃手として参加した。その際に、すでに刀の時代は終わったことを痛感し、子供たちが学問の道に進むことを望んだ。

長男の惣勝は、その教えに従い、よく学問をし、後に神職に就いた。

しかし、惣角は、いっこうに学問に関心を示そうとしない。惣吉は、なんとか惣角を寺子屋に通わせようとしたが、そのつど激しい抵抗にあった。ついに、惣吉は、惣角に学問をさせるのを諦めねばならなかった。そのかわりに、惣角は、幼いころから戦いに夢中になったという。

会津戦争は、惣角が八歳のときの出来事だが、彼は、夜中に三里の道を歩いて砲撃を見物に行ったという。

また、彼は、戦いを見るのが好きで、何度追い払われても戦場を駆け回っていたらしい。人が斬ったり斬られたりするのを見ても平気だった。それが楽しかったのだ。

そんな惣角だから、父惣吉から宝蔵院流槍術、剣術、相撲、大東流などの武芸を習うとたちまち腕を上げた。

十代になった惣角は、相撲大会があると出場して優勝したという。

しかし、これは、父惣吉にしてみれば、少々都合が悪かった。惣吉は、大関だ。相撲取りの息子が大会荒らしをするのは肩身が狭かった。

惣吉は、惣角に相撲大会に出ることを禁じてしまった。大会の日は、自宅で棒術の稽古をやらせた。

しかし、惣角は父の目を盗んでは大会に出場して優勝してくるのだった。惣角は子供のころからたいへん小柄だった。小柄な惣角が相撲で負け知らずだったというのは、後の大東流合気柔術を考える上で大変興味深いものがある。

つまり、彼は、戦いに勝つ要素をすでにこの時代に会得していたのだ。力だけでは勝つことはできない。技だけでもだめだ。

気迫とある種の残忍さを、惣角は生まれ持っていたのかもしれない。

惣角は、九歳の頃から、坂下の養気館で、渋谷東馬から小野派一刀流を学びはじめた。午前中は、近所の道場で父親と剣術の稽古をし、午後になると養気館で一刀流を学ぶという生活だった。

彼は、剣術に夢中になった。当時、武術といえば、剣術だった。柔術や、その他の拳法などは、あくまで、剣術の補助として発達したにすぎない。

惣角は、夢中で修行した。

小野派一刀流は、切落《きりおとし》に始まり、切落に終わるといわれている。

切落というのは、武器術においては、究極のタイミングだ。相手が斬りかかってくるところに、こちらも同時に斬りかかるのだ。

技の起こりを見た瞬間に、迷わず斬りかかる。

太刀と太刀が互いに当たるが、そのとき、相手の太刀筋は死に、こちらの太刀が生きるのだ。

相手の攻撃を受けるのではない。攻撃の起こりを見切り、その瞬間にこちらからも進んで打ち込むのだ。

一見、同時に打ち込むように見えるが、そうではない。ボクシングのクロスカウンターもこの理合いに近い。

相手の技の起こりを見た瞬間に、こちらの技を自信を持って出すのだ。

このタイミングはあらゆる武器術の流派に共通する。

切落のタイミングを可能にするのは、常に攻める心だ。相手が動いたとき、一瞬でも迷ったり、ひるんだりしたら、決して決まらない。

生死の分かれ目が、ほんの一瞬にある。それが切落のタイミングだ。弓を引き絞ったような状態で相手の技の起こりを待つのだ。

人の動きを司るのは心だ。そして、心と気は本来同じものだ。これを、心気一元という。しかし、心は実であって静であるのに対して、気は用であって動である——小野派一刀流ではそう教えている。

切落は、小野派一刀流の組太刀五十本の最初に置かれているが、単に技を学ぶものではない。この切落に小野派の大切な要素が凝縮しているといってもいい。

武器術に共通するこの切落の理を、惣角は、幼いころから学んでいた。もちろん、一朝一夕に悟れるものではない。長い年月のうちに身につけたに違いない。

惣角は、気が強くがむしゃらな性格だった。そして、恐れることを知らない。彼は、剣術においても、ひたすら攻めまくった。稽古のときは、相手が嫌がるほどだった。

小さいくせに、持久力があり、攻めて疲れることがなかった。

渋谷東馬はそんな惣角を見て、当初は何も言わなかった。当時の剣術の稽古は、面を着けて竹刀で打ち合う。現在の剣道のようだが、それよりもはるかに激しい地稽古だった。型は型として習う。しかし、普段の稽古は、面を着けての打ち合いが主だった。

ある日のこと、惣角は、いつものようにがむしゃらに攻めていた。相手が、反撃を試みようにも惣角の手数が多すぎて、どうしようもない。

相手が辛うじて一撃を返そうとすると、その間に、三発も四発も竹刀が出る。しかも、その一撃一撃に力がこもっている。

相手は、惣角よりかなり背が高い。にもかかわらず、相手は、惣角から何度も面を打たれていた。そのたびに、目から火花が散り、鼻の奥がキナ臭くなる。

相手の小手の下は、真っ黒なあざができていた。さらに、前腕の小手のない部分には、無数の赤黒い筋が走っている。

惣角の竹刀を受けた跡だ。

相手はたまらず後退した。そこに、惣角はすかさず足を掛けた。相撲の外掛けの要領だった。

さらに、柄《つか》の部分で相手の胴を押しやった。

相手はもんどり打って倒れた。

だが、それで終わりではなかった。惣角は、倒れた相手を打ちすえ、さらに馬乗りになって、面を打った。

相手は、もう防戦をする気にもなれない。竹刀を放り出して頭を抱えている。

周りで稽古をしていた連中が手を止めて、その激しい攻撃に見入っていた。

さすがの渋谷東馬も稽古を止めた。

「止め！」

それでも惣角は、攻撃をやめようとしない。ついに、何人かが、惣角を押さえに行った。

ようやく惣角は、相手から降りて立ち上がった。

渋谷東馬は、惣角の攻撃に対しては何も言わなかった。戦うときには、これくらいの気迫が必要だ。東馬はそう思っていた。

だが、その後の惣角の態度が東馬の気にさわった。

惣角は、倒れている相手につぶやいた。

「腰抜けめ……」

東馬は、道場の正面から、惣角に向かって言った。

「今、何と言った」

惣角は、面を取り、真っ直ぐに師範を見返した。

「腰抜けと言いました」

「同じ門弟に、何ということを言う」

「腰抜けだから腰抜けと言いました。こやつは、俺を打ち負かそうという気がまるでなかった。しまいには、逃げ腰になった」

東馬は、惣角が増長しているのを知った。激しい攻撃は何の問題もない。気迫をぶつけ合って稽古をしてこそ、技も伸びるというものだ。

型や太刀筋だけを覚えても、何の役にも立たないのだ。その技を使える気迫と胆力を練ることこそ大切なのだ。しかし、思い上がってはいけない。

増長して剣の本質を忘れては何もならないのだ。たしかに、この道場で惣角は異彩を放っている。

かなり年上の者も、惣角には、手を焼いているのだ。

東馬は、ここが締めどころだと思った。頭から剣の道がどうの、技がどうのと言ってもはじまらない。かえって、技だけ学べばいいという勘違いをする者も出てくる。

教えどころというのが肝腎なのだ。

東馬は、竹刀を取って立ち上がった。

「面をつけなさい」

稽古をしていた門弟は、師範が立ち上がると同時にいっせいに壁際に退いて正座した。惣角は、叱《しか》られたことが不満そうだったが、師範が立ち合ってくれると知って、急にうれしそうな顔になった。

師範と立ち合うことを喜ぶ門弟は少ない。たしかに、大きなものを得るかもしれないが、その代わりにたいていはしたたかにやられてしまうのだ。

師範を相手にして待っているわけにはいかない。当然、弟子のほうからかかっていく。師範は、それを無駄のない動きでさばくから、弟子はたちまちへとへとになる。

そういう打ち合いが延々と続くのが常なのだ。それを考えただけでもうんざりとしてくるものだ。

だが、惣角はたしかに喜んでいた。

「先生は、面をお着けにならないのですか？」

「私はいい」

「わかりました」

惣角は、卑怯《ひきょう》だと思った。面を着けていない相手を打ち据えるのは、気が引ける。自然と、こちらの手が鈍るだろうと計算しているのだと思ったのだ。

惣角はすでに、そうした戦いの駆け引きまでも知っていた。

（ならば、こちらも容赦はすまい）

惣角はそう思った。

面を着けないというのは、師範の油断でもある。相手の油断にこちらが合わせる必要などない。

惣角は、面を着けて、道場の中央に立った。渋谷東馬は、面も胴も着けずに竹刀を持って歩み出た。

「来なさい」

渋谷東馬は、青眼《せいがん》に構えた。

惣角は、まず青眼に構え、鋭い気合を発すると、竹刀を上段に持っていった。格が上の者に対して上段に構えるというのは、なかなかできるものではない。

上段というのは、攻撃的だが、反面無防備な構えだ。気迫で相手を押していないと上段に構えることはできない。

渋谷東馬は、青眼のままだ。

惣角は、また気合を発した。獣が吼《ほ》えるような気合だった。

渋谷東馬はひっそりと立っているように見える。

(動かぬか……)

惣角は思った。(ならば、こちらから行くぞ)

彼は、師範に対して勝負を挑んでいるつもりになっていた。教えを乞おうなどという気持ちはまったくない。

それは、それで正しい態度だった。武術や格闘技は、教えられて強くなるものではない。真剣に挑み、自分で何かをつかみとらねばならないのだ。

惣角は、とにかく手数で圧倒しようと思った。

それが彼の戦い方だ。相手の出方など待つ必要はない。とにかく、前へ出て攻める。相手がうんざりするほど攻めまくるのだ。

彼の戦いに防御などという概念はなかった。攻撃が最大の防御というわけだ。

彼は相撲を取るときもそうだった。ひたすら前に押していき、先手先手と技をかける。相手をいなしたり、引き落としたりという相撲ではない。

惣角は、再度気合を発すると、同時に大きく踏み込んだ。師範の頭めがけて竹刀を振り降ろす。続けざまに打ち込むつもりだった。

だが、彼が打ち込んだ瞬間、ひどい衝撃が脳天から足先まで走り抜けた。目の前が眩しく光る。道場の床が、前方からせりあがってくるように感じた。鼻の奥で何かが焦げたような臭いがする。彼は気づいていないが、彼の体はふらふらと揺れていた。

脳震盪《のうしんとう》を起こしかけたのだ。

何が起きたのかわからなかった。

惣角は、頭を振って、視界のなかの金色に光る星を追いやった。

彼は、誰かが後ろから殴りかかったのかと疑った。

だが、そうでないことに、すぐに気づいた。打ち込んだのは惣角だった。しかし、その竹刀は、師範の頭には当たっていなかった。

惣角の脳天にたたき込まれたのは間違いなく渋谷東馬の竹刀だった。

道場のなかに吐息の洩れる音がした。

門弟たちが感嘆と称賛の溜め息を洩らしたのだ。

（師範は、いったい何をやったんだ……）

惣角は、訝《いぶか》った。

渋谷東馬は、切落を使ったに過ぎない。基本中の基本だ。

もちろん、惣角は、切落を知っている。しかし、これほど見事に決められたのは初めてだった。

技が本当に見事に決まると、相手は、何をされたかわからないうちに倒されている。技はそうしたものだ。

惣角は、気を取り直した。

（なに、どうということはない。攻めて攻めて、攻めまくるだけだ。そのうち、こちらの勝機もやってくる）

惣角は、さすがに、青眼に構えなおした。彼は、切っ先が触れ合うくらいに間合いを取り、機をうかがった。

竹刀の先をかちかちと相手の竹刀に当てて牽制《けんせい》をする。

一瞬、強く師範の竹刀を弾いておいて、惣角は、また面を打ちに出た。

先程とまったく同じだった。

師範は、まったく慌てず、流れるような動作で、やはり一歩出て打ち出してきた。

その動きは、決して速くは見えなかった。しかし、師範の切っ先は、惣角の竹刀より早く、
惣角の面を叩いていた。

今度は、惣角も警戒していたので、師範が何をやったのかよくわかった。

しかし、やはり避けられなかった。

切落が恐ろしいのは、こちらが攻撃を仕掛けた瞬間に決められるという点だ。

攻撃に出る瞬間は、最も無防備だ。しかも、切落は、こちらの攻撃と同時に繰り出される。

こちらは、攻撃の最中なので、受けることもかわすこともできないのだ。

惣角は、面を食らったが、そこで攻撃を止める気はなかった。地稽古は、一本を競う試合ではない。

惣角は、獣の咆哮《ほうこう》のような気合を発しつつ、二の手を出した。振りかぶって打ち込む。その小手にしたたかな一撃を食らった。

ほぼ同時に打ち込んで、互いの攻撃が終わったときには、相手の技が死に、こちらの剣が生きている。それが、一刀流だが、この小手に決める技は、特に柳生新陰流《やぎゅうしんかげりゅう》の基本技となっている。

柳生では、三学円の太刀という型で稽古される技だが、切落と理合いは同じだ。

その師範の一打は強力で、一時的に完全に手がいうことをきかなくなった。

「くそっ」

惣角は、打たれて衝撃の残った右手を離して、左手だけで打ち込んでいった。

左手一本で打ち込むと、両手で構えたときより竹刀が遠くに届く。捨て身の攻撃だった。

渋谷東馬は、惣角が竹刀を振り出す瞬間に、また一歩出た。彼はまっすぐ突いた。

惣角は、ひっくり返っていた。

前へ出るところを、突かれたのだ。胸にしたたかな衝撃があり、上半身がそこで急停止する。しかし、下半身はまだ進もうとしている。

それで見事に腰が浮いてしまったのだ。

突きの威力はすさまじく、ちょうど惣角は鞭打《むちう》ちの状態になった。

それでも惣角は、跳《は》ね起きようとした。だが、突きをくらった胸とひっくり返ったときに打った腰の痛手が大きく、すとんと力がぬけてまた倒れてしまった。

「こんなばかな……」

惣角は、大の字になってしまった。彼は天井を見つめていた。

「これが剣だ」

渋谷東馬が言った。

惣角は、大の字のまま聞いている。

「おまえの気迫はよい。そのよさをなくしてはならない。しかし、剣には次の段階もあるのだ。剣には必ず相手がいる。おまえは、自分の攻撃のことばかりを考えている。今はそれでいい。だが、次に進もうと思ったら、相手のことも考えなくてはならない。おまえがさっき打ち倒した相手もいずれは、技を磨き、おまえを倒すかもしれない」

東馬は、門弟一同を見回して言った。

「今、誰が誰より優れているという考えは意味がない。この道場では、誰が誰に勝とうとそれは関係ない。問題は、これから先どうなるのか、なのだ。皆、強くなることを願って稽古をしている。今弱い者も、いずれは強くなるかもしれない。今強い者も、衰えていくかもしれない。先を考えることが肝腎なんだ。そのためには、心を磨け。肝を鍛えろ。惣角の気迫を皆も見習うがいい」

東馬は、正面に戻った。

稽古が再開された。惣角は、道場の隅にすわっていた。

彼は、師範の剣を頭のなかで再現していた。彼はただでは転ばないのだ。このときの手合わせが、彼をさらに成長させることになる。

十三歳になった惣角は、父惣吉を説得して、東京の榊原道場の内弟子となった。榊原道場で直心影流を学んだが、小野派一刀流時代の体験が、ずいぶんと役に立った。

惣角は、榊原道場でもめきめき頭角を現した。

その矢先、兄惣勝の急死を知らされたのだった。

今回、惣角が故郷の坂下に帰ってきたのは、そのためだった。

三

惣角は、まったく緊張していなかった。

むしろわくわくしていた。三人の山賊を相手に、自分の実力を試してみたかったのだ。

彼は、歩くのが速いほうだが、曲がりくねった七折峠をことさらにゆっくり歩いた。山賊を誘っているのだ。

峠の道は、すでに真っ暗だ。ほかに旅人の姿はない。

惣角は、武士のたしなみで、夜目を鍛えていた。暗闇《くらやみ》のなかを歩くには、視線をひとところに定めていてはいけない。

暗視のこつは、常に視線を動かすことだ。明るさを感じる視細胞は、像をとらえる視細胞とわずかにずれた場所にあるからだ。

ふと、林の下生えか灌木《かんぼく》が揺れる音がした。明らかに風で揺れたのではなかった。

(来たか……)

惣角は、歩みを止めなかった。

戦いを予感すると、鼻の先がむずむずとかゆくなった。惣角は親指の先で弾くように鼻をかいていた。

林のなかから、ひとりの男が現れた。暗くて人相風体はよくわからない。

しかし、大男であることはわかる。着物の裾をまくって脚を剝《む》き出しにしているようだ。

腰に太刀を帯びている。

「待て……」

その男は言った。

惣角は立ち止まった。

「日が暮れてから一人旅か……。不用心なことよ」

惣角は、気配を感じて振り返った。そこにいつの間にかもうひとりの男が立っていた。そちらの男は、背が低い。しかし、肩幅が広く、がっちりとした体格をしている。

もうひとりは、林のなかに隠れているに違いなかった。

隠れているのが一番格が上だろうと考えた。頭目は最後に姿を現すものだ。

「何か用か？」

惣角は、正面の大男に向かって言った。その声と背丈から、相手は惣角がまだ少年であることを悟ったようだった。

「金と荷物を置いていけ。そうすれば、命は助けてやる。年端もいかぬ若造を殺すのも忍びない」

「物見遊山《ものみゆさん》の旅ではない。兄が死んで家に帰るところだ。金も金目の品も持ってはいない」

「いいから、持っているものを全部置いていけ」

「嫌だな」

「聞き分けのない小僧だ。言うとおりにすれば、命は助かったものを……」

脅しではないことは明らかだった。彼らは、これまで何人もの村人や旅人を襲い、そのうちの幾人かを殺しているという。

惣角は、間合いを測っていた。

暗闇では、間合いを誤りやすい。思ったより相手が近くにいる場合が多い。人間は、視覚をたよりに生きている。そのために、暗闇のなかでは錯覚を起こしてしまうのだ。

相手は、暗闇に慣れているに違いない。

惣角は、正面の大男を見据えながら、背後に気を配っていた。明治になり、取り締まりが厳しくなっていたが、彼はかたくなに刀を持ちつづけた。彼は、自分以外の誰も信用していなかった。

自分の身を守るのは自分でしかないと考えていたのだ。

今、彼は、その刀を抜く気はなかった。彼は、試してみたいことがあった。

正面の男は、無造作に一歩近づいた。彼は惣角が抵抗するとは思っていないのだ。

後ろのがっちりとした男もじりじりと近づいてくる。

突然、惣角は、くるりと振り向いた。

後ろにいた男が驚いて刀を抜こうとした。惣角はそれより早くその男に体当たりをしていた。

相撲で鍛えたぶちかましだ。

背の低い男は、たまらずひっくり返った。惣角は、そのまま走りだした。

「こいつ、待て!」

大男が叫んだ。

ひっくり返った男もあわてて起き上がる。ふたりは、惣角の後を追って走りはじめた。むろん、惣角は逃げるつもりはない。前後をはさまれている状態から抜け出したかったのだ。

惣角は走りだしたときと同様に突然立ち止まった。くるりと振り返る。

ふたりの男は、どたどたと駆けてくる。その様子から、ふたりとも血相を変えていることがわかる。

彼らは怒っているのだ。惣角のような子供になめられては、頭にくるのも当然だ。

「この野郎！」

惣角に体当たりを食らった小柄の男がまず、刀を抜いて惣角に斬りかかろうとした。

惣角は、闇のなかでも刀が冴えざえと光るのを見た。

惣角の心はしんと静まり返った。

戦いが始まるといつもそうだった。体中に血液が駆けめぐり、興奮しているはずだ。だが、心のどこかがひどく冷めてしまうのだ。そうしたときの惣角はひどく残忍になった。彼の感覚が通常より早くなる。

相手の動きがひどくのろい感じがしてくる。

相手は、八双に刀を振り上げ、袈裟《けさ》掛《が》けに斬り付けようとしている。

惣角の体が自然に動いた。さがらなかった。横に体をさばこうともしない。

彼は、相手の攻撃をものともせず、一歩踏み出していた。

剣で突きを見舞う要領で、拳を突き出していた。

相手の剣が振り降ろされようとする瞬間、惣角の突きが相手の喉元《のどもと》に決まっていた。

「げふっ……」

相手は奇妙な声を上げた。その男は、動きを止めた。

突っ込んでいったところを、逆にカウンターで突かれたのだからたまらない。しかも、惣角が突いたのは、喉元の急所のひとつ、結喉《けっこう》のツボだった。

暗闇だが、惣角は、相手の急所を正確に突いていた。道場で繰り返し繰り返し練習した結果、体が相手の急所を覚えていた。

相手の動きを止めておいて、惣角はすかさず、脇の下に相手の右腕を巻き込んだ。肘《ひじ》を逆に取って決める。肘の周囲の靭帯《じんたい》が、めきめきと不気味な音を立て、ぐきりという手応えがあった。

惣角は、相手の右肘を折ってしまったのだ。小柄な男は、悲鳴を上げて倒れ、のたうちまわった。すでに刀は取り落としていた。

関節を折られる痛みに耐えられる者はいない。

惣角は、相手の取り落とした刀を拾った。

大男は、なす術もなく佇《たたず》んでいた。

惣角は、大男のほうを見た。大男は、歯嚙《はが》みして言った。

「おのれ、小僧……。叩っ斬ってやる」

「できるかな……?」

惣角は、手に取った刀を林のなかに放った。素手で大男の相手をしようというのだ。

大男は、それを見て、怒りをつのらせた。挑発されているのに気づいたのだ。

惣角が、刀を捨てたのには理由があった。挑発して相手の冷静さを失わせるという目的もあった。

しかし、彼の本当の目的は別にあった。惣角は、徒手の体術を試してみたかったのだ。剣を持ったときと、同じ理合いではたして、徒手の武術が使えるかどうか――。

このとき、惣角は、自分の命を危険にさらしてまで、それを確かめようと考えていたのだ。道場で技を練るのとは次元が違っていた。彼は、真剣勝負で確かめたものでなければ意味がないと考えているのだった。

大男が罵声《ばせい》を上げて斬りかかってきた。

すでに惣角は、その瞬間を待っていた。

彼は飛び込んだ。太刀を振り降ろしてくる相手の懐に入る。剣で斬り上げるように掌を突き上げた。掌底と手刀の中間のあたりが、相手の顎《あご》にたたき込まれた。耳の下のあたりだった。

相手はのけ反った。その瞬間に惣角は、相手の膝《ひざ》を踏み下ろした。

骨の折れる音がはっきりと聞こえた。

大男は、地響きを立てて仰向けに倒れた。悲鳴をあげて地面でもがいている。

惣角は、その頭を蹴った。その一撃で眠った。

惣角は、肩で大きく息をついていた。斬りかかってくる相手に、こちらから向かっていくには、たいへんな度胸がいる。しかし、それをやらなければ、逆に命が危ない。

後ろに引いてかわしても、相手の二の手三の手がやってくる。やがては、斬られてしまうのだ。

相手が攻撃してくる瞬間に倒さなければならない。どんなに恐ろしくても、相手の技の起こりを見切って、こちらから出ていかなければならない。

激しい神経の集中が必要だった。

惣角は、ふたりを素手で倒して、自信を強めていた。だが、まだ油断はできない。頭目が残っているはずだった。

彼は、あたりの気配を探った。人の気配はない。

もしかしたら、山賊はこのふたりだけなのだろうかと惣角は思った。それとも、ふたりが倒されたのを見て、残りのひとりは恐れをなして逃げてしまったのだろうか――。

しかし、そうではなかった。

ふと気づくと、闇のなかに、ひっそりとひとりの男が立っていた。

惣角はぞっとした。その男は、まるで影のように気配を感じさせなかった。身長も高くはなく、逞《たくま》しくもない。だが、ひどく不気味な雰囲気を漂わせている。惣角は、暗闇のなかでそれを感じ取ったのだ。

「やるじゃないか……」

かすれた声で男が言った。

「おまえもそこそこは使えそうだ……」

「ふん……。腕があったところでどうしようもない。武芸者が食っていける世の中ではない」

惣角は、榊原道場が興行した撃剣会の剣術試合に参加したことがあった。当時人気のあった興行だが、まるで曲芸の見世物のようだった。そんな風潮に嫌気がさしていたのは事実だ。だから、相手の言いたいことはわかった。

しかし、惣角は、そんな物言いには耳を貸す気はなかった。彼は、ひたすら自分の武技を磨くことだけを考えていたのだ。

おそらく相手は、かつて、仕官を目指して腕を磨いた武芸者なのだろう。ひょっとしたら、どこかの藩に仕えていたのかもしれない。それが、山賊に身を落とさなければならなかった。惣角は、無性に腹が立った。相手に対しての憤りもあった。世の中に対する怒りもあった。

惣角は、言った。

「俺は山賊退治のつもりでここへやってきた。だが、おまえとは武芸者として立ち合ってやろう」

「生意気なことを……」

相手は、すらりと刀を抜いた。

惣角は、素手で、刀を持ったように構えた。

惣角が名乗った。

「武田惣角……」

彼はあえて、小野派一刀流も直心影流も名乗らなかった。

相手が応じた。

「溝口派一刀流。名は捨てた」

溝口派一刀流は、会津藩士の間に伝えられた流派だ。「抜かんのか……」

「俺はすでに刀を抜いている」

徒手のままで、惣角はこたえた。

「よかろう……」

相手は、刀を青眼にかまえて、じりじり間合いを詰めてくる。俗にいう含み足だった。足の指を尺取り虫のように動かし、相手に気取られぬように少しずつ間合いを詰める。

相手が気がついたときは、すでに間境《まざかい》を越えているという技法だ。

惣角は、引かなかった。気迫で相手を押している。ふたりの間には、緊張の糸が張られている。

突然、相手が動きを止めた。間境に来たのだ。それを越えれば相手の間合いになる。剣を持っているほうが圧倒的に有利だった。

しかし、相手はそこから進めなくなっていた。見えない壁があるような感じだった。

惣角が気迫で自分の間合いを守っているのだ。互いに集中している武芸者同士には、そうした間の攻防が物理的な力を持っているように感じられるのだ。

勝負は一瞬だ。惣角はそう思っていた。二の手、三の手はおそらくない。相手は一撃に賭《か》けている。惣角のほうは一撃を外したら命はない。

惣角は、ぐいぐいと相手に気をぶつけている。

膠着《こうちゃく》状態に見えた。

惣角は、そこからほんの一寸だけ足を進めた。

とたんに、相手は、鋭い気合を発して斬りかかってきた。

振りかぶってまっすぐに振り降ろすかに見えた。しかし、彼は、惣角の戦いかたを見ていた。

振り降ろすと見せて、刀を翻《ひるがえ》し、横に薙いだ。

しかし、惣角は、構わず飛び込んでいた。相手がどんな攻撃をしようと同じことだ。技の起こりに飛び込んでいる。

相手の切っ先が惣角を捕らえる前に、惣角は相手にしがみついていた。がっちりと手を相手の胴に回す。そのまま、体をひねりながら投げた。捨て身だった。惣角は背中から倒れ、相手は、地面に頭を打ちつけた。

惣角はすぐさま起き上がり、相手の首をつかんだ。ひねりを加えながら引き上げる。ぼきぼきと頸椎《けいつい》がいくつか音を立てた。

すでに相手は、投げられたときに意識を失っていた。首を折られた相手は絶命していた。

惣角は、相手から離れると、激しく呼吸を繰り返した。突然、どっと全身から汗が噴き出てきた。

彼は自分を抑えられなくなっていた。いつしか、彼は夜空にむかって咆哮していた。

第二章

一

家の中は、しんと静まり返っていた。

惣角は、その重苦しい雰囲気に言葉を失った。すでに葬儀は終わっていた。

一刀流の使い手を素手で打ち倒したことに、十六歳になる惣角は気をよくしていた。

彼は、幼いころから強くなることしか考えていなかった。強さというのがどういうものであるか、とか、強くなることにどういう意味があるのかといったことも考えない。ただ、ひたすら、強さを追い求めていたのだ。

故郷の会津坂下近くの山道で、素手で三人の山賊を打ち破ったというのは、彼にとってひとつの成果だった。彼は、その成果に気をよくしていたのだ。

だが、家の敷居を跨《また》いだとたん、その高揚した気分が一気に萎《な》えていった。

「今、戻りました」

惣角のその声に、母親が出迎えた。母親は憔悴《しょうすい》しきっているように見えた。一気に年を取ったように見える。

惣角は、そんな母を見るのは初めてだった。

「よう戻ってまいられました」

それでも、母はしっかりした声で言った。

「さあ、兄者に手を合わせてさしあげなさい」

惣角は、うなずくと、旅支度も解かずに奥の間に進んだ。久しぶりに訪れた家の中が暗く感じられる。記憶にある自宅は、どこかもっと安らぎと活気があった。

奥の間には、近くの郷士たちが何人か集まっていた。そのなかに、惣角は、憔悴しきった母の姿よりもさらに衝撃的なものを見た。それは、背を丸めてあぐらをかいた父、惣吉の姿だった。

一瞬、惣角は、別人かと思った。それくらい父、惣吉の印象は違っていた。惣角が知っている父は、いつも堂々としていた。

惣角にとって父、惣吉は、武士の中の武士だった。常に居住まいを正しており、あぐらをかく姿など滅多に惣角には見せたことがなかった。

父は、畳の一点を見つめ、じっとしていた。魂が抜けてしまったように見えるし、また、ひたすら何かに耐えているようにも見える。その姿は、異様なもののように感じられ、惣角は、襖《ふすま》を開け放ったまま立ち尽くしてしまった。

「父上……」

惣角は、そう言ったまま何を言っていいかわからなくなった。周囲にいた仲間の郷士が、惣吉を見た。彼らも声をかけることをはばかっているようだった。

やがて、ゆっくりと惣吉が眼を上げた。その眼は、真っ赤だった。惣角は、見てはいけないものを見たような気がした。思わず眼をそらして祭壇のほうを見てしまった。

郷士のひとりが惣角に言った。

「さ、どうぞ。こちらへ……」

惣角は、言われるままに祭壇の前に進み出て、手を合わせた。そのとき、初めて、兄が死んだのだという実感が湧いてきた。だが、まだ悲しみは感じなかった。

生家で寝泊まりするうちに、いるべき兄がいないことを思い知る。幼いころにいっしょに遊んだ庭や、ともに過ごした部屋で、兄のことを思い出す。そのときになって、激しい喪失感を感じ、悲しみがやってくるのだろう。

惣角は、兄、惣勝に対して複雑な思いを抱いていた。惣角は、生まれついての乱暴者だ。相撲と剣術に明け暮れ、学問を顧みることなどなかった。だが、兄の惣勝は、学問に秀でていた。読み書きすら覚えようとしない惣角に対して、惣勝は、一流の教養を身に付けていた。

父、惣吉の方針に従ったのは、惣角ではなく惣勝のほうだった。

惣吉は、会津落城の前にひそかに城を脱出した西郷頼母《たのも》の班に所属していた。彼は、どんなに熟達した武士も火器の前には無力であることを、目の当たりにしたのだった。それ以来、すでに武士の時代は終わり、これからは、学問の世になると考えるようになったのだった。

惣角は八歳のときに、明治維新を迎えた。武士として藩に仕えるのなら学問も必要だ。だが、そういう道もなくなった。惣角にしてみれば、学問のことなど考える理由がなくなったのだ。

自分は強ければいい。ただ、ひたすら強さだけを磨けばいい。若い惣角は、そう考えていた。将来、何をするか、どうやって生きていくかなど考えたこともなかった。

惣角の価値観からいえば、兄は腰抜けだった。武術は、心得程度でしかない。いつしか、相撲でも兄は弟にかなわなくなっていた。剣術でも惣角のほうが断然優れていた。兄のひ弱な一面を、惣角は、軽蔑《けいべつ》していたと言ってもいい。長子としては、あまりに頼りないと感じていた。

だが、一方で、劣等感も感じていた。兄は、惣角の知らないことをたくさん知っている。読み書きも人並み以上にできる。歌心もある。古い支那の詩など、生きていくために何の役に立つのか、と思いながらも、やはり、どこか劣等感を感じていたのだ。

実は、尊敬をしてもいた。だが、生来の負けず嫌いのせいもあり、それを素直に認める気になれなかったのだ。

そして、惣角は、父がそんな兄を大切にしているのを不思議に思っていた。父は、筋金入りの武士だった。力士としても、負け知らずだ。武術にも優れている。惣角に最初に武術の手ほどきをしたのは、他でもない父、惣吉なのだ。

自分のほうが気に入られて当然だという気持ちがあった。だが、実際には、そうではなかった。父は、なぜか惣角のやることをいちいち咎《とが》めた。剣術に精を出す惣角を褒《ほ》めてくれたことはなかった。惣角はそれが不満だった。

嫉妬をしていたのかもしれない。そのためか、成長するにしたがい、兄を憎むようにさえなっていた。惣角には、まだ、父が子の将来を思う気持ちが理解できなかったのだ。

兄の祭壇に向かって手を合わせた後、振り向くのが怖かった。父が、まだ、先程のままかもしれない。その姿を見るのが嫌だったのだ。

振り向くために、覚悟が必要だった。惣角が膝を巡らせて振り向いたとき、やはり父は、あぐらをかいて俯《うつむ》いたままだった。正座して背を伸ばす気力もないのだということがわかった。

兄の死が、これほどまでに父を打ちのめしている。そのことが惣角には悲しかった。

父は、そのままの姿勢で、惣角を見ていた。悲しみに赤く濁った眼で……。

「よく戻った……」

父はそれだけ言った。惣角は、それに続く言葉を待った。だが、惣吉の口はそれ以上動こうとはしなかった。しかたなく、惣角は、「はい」とだけこたえて、立ち上がった。何となく、そこは、自分がいるべき場所ではないような気がした。

惣角は、奥の部屋を出た。それきり、その日は、父とは話をしなかった。顔も合わせなかった。

今は、兄の死より、そのことのせいで、心がふさいだ。

翌日、惣角は、朝早く起きて庭に出た。朝、木刀を振るのが日課になっている。どんな日でも鍛練を怠ることはなかった。単に自分にそれを課しているというわけではない。そうせずにはいられないのだ。

一日練習を怠ると、それだけ腕が衰えるような気がする。常に強くなることだけを考えている惣角には、それは耐えがたいことだった。ひとりでやる稽古の内容は、毎日同じではなかった。木刀を振る回数を決めてはいないのだ。

一度振り始めると、たちまち夢中になった。手に木刀がしっくりこないときなど、その感覚が戻るまでいつまでも振りつづけた。逆に、気持ちよく振れたときは、すぐに稽古をやめてしまうのだった。木刀が空気を切る音を自分なりに確かめている。いい音がしたときは、その感覚を大切にした。

その日は、なかなかいい感覚が得られなかった。振りの感覚が悪いときは、どんなに型稽古をやっても決まらないものだ。体の微妙な均衡が狂っているのだ。そういう感覚を捉《とら》えることができるのは、実は、達人の域に達した人間だけだ。惣角は、十六歳にしてその感覚を知っていた。

それは天性の素質なのかもしれない。武術には、体力や膂力《りょりょく》を鍛えるための猛稽古と同時に、感覚を研ぎ澄ます質の高い稽古が必要だ。惣角は、生まれながらにしてその鋭い感性を持ち合わせているようだった。

ようやく木刀が、いい音で空気を切りはじめた。気づくと、全身に汗が噴き出ている。惣角は、木刀を振るのをやめて、腰に下げていた手拭いで汗をぬぐった。ふと気配を感じて振り返ると、父、惣吉が縁側に立ち、じっと惣角のほうを見つめていた。

その眼は厳しかった。昨夜の悲しみに満ちた眼とはまったく違っている。だが、その眼もまた、惣角をふと不安にさせた。

「おはようございます」

惣角は声をかけた。かつてのように、父が笑顔でこたえてくれるものと思っていた。だが、父の表情は相変わらず厳しかった。

「剣術に精を出しておるな……」

父は、そう言った。惣角は、父が自分を褒めてくれたのかと思った。だが、すぐにそうではないことに気づいた。父、惣吉は、思い悩んでいるようにさえ見えた。

父は、惣角の稽古する姿をじっと見守っていたはずだ。もしかしたら、父の眼から見るとまだまだ自分は未熟なのかもしれないと惣角は考えた。父の険しい表情はそのせいとしか思えない。

惣吉は、低いよく響く声で言った。

「今朝、吾兵が立ち寄って行った……」

吾兵というのは、小作人のひとりだった。武田家の田畑の一部を割り当てられているのだが、相撲の大関である惣吉を慕って、よく屋敷にやってくるのだった。

惣角は、父が何を言いだしたのかわからなかった。だが、決していい話ではないことは、父の態度から察していた。じっと、睨むように惣吉を見ていた。

惣吉は言った。

「ここに戻る道中で、山賊を成敗したそうだな。たいした噂になっているそうだ」

「ああ、そのことですか……」

惣角は、にやりと笑って見せた。「相手は三人でした。ひとりは、溝口派一刀流の使い手でした」

その口調は、どうしても自慢めいたものになっている。

「ひとりは首を折られ死んだ。ひとりは、肘を折り、いまひとりは、膝を折られている。どちらも満足に体を動かせなくなるだろう……」

惣角は、眉をひそめた。父が何を言おうとしているのか、ますますわからなくなった。戸惑いを隠せず、彼は言った。

「相手は、山賊です。旅人や民百姓をあやめたり、金品を奪ったりしていたのです。それを成敗したのです。文句を言われる筋合いはないはずです」

惣吉は、大きく溜め息をついた。その表情は、怒りというより、切なさを感じさせた。

「武士が刀で物事を解決する時代は、とうに終わったのだ。人を殺したり怪我をさせたりしたら、それだけで獄につながれる。そういう世の中になったのだ。それがどうしてわからないのだ？」

「私は徒手でした。刀で斬り捨てたわけではありません。そして、相手は刀を抜いていました」

「おまえは、争いを自ら買って出たのだろう？」

「人々が困り果てておりました。そういう厄介事《やっかいごと》を始末するのも武士の役目です」

「もう武士の世ではない。何度言えばわかるのだ？」

「ならば、武術家の役割です。里の民も助けられずに、何のための剣術ですか？」

「おまえは、本当に人助けのために山賊と戦ったのか？」

「え……？」

「腕を試すには、いい機会だと考えたのではないのか？」

惣角はこたえられなかった。たしかにそういう気持ちはあった。しかし、それが悪いことだとは思えなかったのだ。つい数年前まで、惣吉も相撲の試合に出ていた。惣角にとっては、相撲の試合と野試合はまったく同じことでしかないのだ。

惣角は、父がなぜ自分を咎《とが》めているのかわからなかった。理解できないという気持ちが反感を誘った。

何も言わずにいる惣角に、父、惣吉は言った。

「おのれの腕を試すためだけに、戦いを買って出る。それは、武士のすることではない。いわんや、もうおまえは武士でさえないのだ」

「武士のすることではない？」

「そうだ。無法者のやることだ。かつての武士が、職を失い、無法者に身を落とす。そんな連中が多いと聞く。おまえもその仲間入りをするつもりか？」

惣角は、茫然と立ち尽くしていた。

武者修行のどこが悪いのか？

過去の剣豪、剣聖は、誰もが錬磨の旅をし、野試合を繰り返したではないか？

そんな考えが、惣角の頭の中を通りすぎていった。だが、それを口に出しはしなかった。自分は、父の考えを理解できない。ならば、父も自分の考えを理解できないに違いない。そう決めてしまったのだ。

惣角は、眼をそらし、手に持った木刀を見つめた。ひどく悔しそうな顔をしている。重苦しい沈黙があった。やがて、惣吉は言った。

「朝げのあと、話がある。私の部屋に来なさい」

惣吉は、縁側を歩み去った。

惣角は、ただじっと木刀を見つめつづけている。

（父上と、こんなおかしなことになるのも、兄者が死んだからだ）

怒りと苛立《いらだ》ちの持って行き場がなく、惣角は、亡き兄を密かに責めていた。

二

惣吉は、床の間を背に座っている。姿勢を正し、まっすぐに惣角を見ている。惣角は、むしろ、そういう厳格な態度の父を見ているほうが安心した。昨夜のような父を見るのは耐えがたかった。

惣角も正座し、父を見つめ返している。髪を短く刈り、まるで、地蔵のような風貌《ふうぼう》をしている。顔がまん丸なのだ。その丸い顔に、これもまん丸の目がある。惣角は、口をへの字に結び、父の言葉を待っていた。

「惣勝は、禰宜《ねぎ》をしておった」

惣吉は言った。

何を今更わかりきったことを、と惣角は思った。

「惣角。おまえは、惣勝の後を継がねばならない」

「な……」

惣角は、言葉を失った。

「もともと、武田家は、代々神職を継ぐ家柄だ。長男亡き後、その後を継ぐのは、おまえの役目だ」

それは、相談でも打診でもなかった。決定済みのことなのだ。

自分は、武術を磨きたい。誰よりも強くなりたい。禰宜だの神主だのは真っ平だ。

惣角は、そう心の中で叫んでいた。それを口に出そうとした瞬間、それを制するように惣吉は言った。

「白河の都々古別《つつこわけ》神社に、保科殿がおいでだ。おまえは、保科殿のもとで神職の修行をするのだ」

「御家老のところへ……？」

保科近悳《ちかのり》――かつての西郷頼母だ。頼母は、戊辰《ぼしん》戦争が終わった一八六九年（明治二年）の五月に、西郷姓を保科に改めた。

「もう御家老ではない。都々古別神社の宮司をやっておられる」

「剣術の修行はどうなります？」

「学問の道は、剣術の修行と同じくらい厳しい。片手間でできるものではない」

「剣術の修行を止めろと……？」

「必要ないのだ。これからの世は、学問だ。よいか？　父は、おまえのことを思って言うのだぞ」

その言葉は、惣角の耳に入りはしなかった。打ちひしがれた気分で惣角は、俯いていた。

「数日内には、白河に出立する。準備をしておけ」

「旅の準備など必要ありません。このまま、いつでも旅立てます」

その言葉は、惣角のせめてもの抵抗だった。惣吉は、静かに言った。

「旅の準備ではない。心の準備だ」

都々古別神社は、奥州一の宮ともいわれている。祭る神は、味耜高彦根命《あじすきたかひこねのみこと》。大国主命《おおくにぬしのみこと》の子のひとりだ。八〇七年（大同二年）坂上田村麻呂の奉祀《ほうし》とされている。石段を昇ると正面に拝殿が見えてくるが、その鳥居の手前右手に太い杉の木が立っている。樹齢を重ねたその杉の大木に、惣角は、圧倒される気分だった。

保科近悳は、小柄な男だった。物静かな、ひかえめな態度で惣吉、惣角親子と接した。惣角は、その小さな目の奥に恐ろしいばかりの悲しみの色があるのを見て取った。自分の運命を呪《のろ》うでもなく、じっと見つめつづけている眼差しだった。

戊辰戦争の際に、長男吉十郎有鄰《ありさと》だけを残し、母、妻、妹ら一族二十一人が自害したという悲劇の家老だ。そのなかには、長女の細布子《たえこ》十六歳を頭に、十三歳の瀑布子《たきこ》、九歳の田鶴子《たつこ》、四歳の常磐子《ときこ》、そしてまだ二歳の季子《すえこ》の五人の娘も含まれていた。その後も、弟、陽次郎が函館で獄死した。

保科近悳は、その社会的な立場の一方で、家族との縁が薄くたいへんに淋《さび》しく辛い人生を送ったのだ。近悳は、戊辰戦争で自訴して後、晩年の二十年間を神官として暮らした。このとき、近悳は四十六歳だった。

若い惣角には、その悲しみが理解できたわけではない。ただ、鋭敏な感性でそれを感じ取ったに過ぎない。

「あいわかった」

惣吉の説明を聞き、保科近悳は言った。「惣角。おまえは、私と同じで体が小さい。父上のような生き方はできない。時代も違う。神官として武田家を継ぐのが一番だろう」

惣角は納得していなかったが、ここはおとなしくしているしかなかった。

父親は、早々に都々古別神社を去った。これから退屈な学問の毎日が始まると思うと、惣角は暗澹《あんたん》とした気分になった。どうやったら、神社を逃げだせるだろう。やってきた日に、すでに惣角は、そんなことを考えていた。

しかし、惣吉がいなくなると、にわかに保科近悳の態度は違ってきた。保科近悳は、にこやかに惣角を眺めると、言った。

「惣角。おまえは、剣術が強いそうだな……？」

「はい。養気館で渋谷先生に小野派一刀流を学び、その後、榊原鍵吉先生に直心影流を学びました」

「父、惣吉からも剣術、棒術を学んだそうだな？」

「はい。それに武田家に代々伝わる体術も学んでおります」

「うん。存じておる……。相撲も強いらしいな……？」

「はい」

惣角は、臆面《おくめん》もなくそう返事をした。彼は、こと武術に関しては自信があった。

保科近悳は、うれしそうにうなずくと、大声で言った。

「おい、誰かいないか？」

すぐに、禰宜らしい若い男が障子を開けて顔を出した。近悳は、その男に命じた。「弥兵衛を呼んでくれ。境内の一本杉の下で待つように言うんだ」

「承知しました」

禰宜は去っていった。近悳は、どこかうれしそうに惣角に言った。

「さあ、ついてまいれ」

惣角は、わけのわからぬまま、近悳に従った。

拝殿前に立つ杉の大木の脇に、大きな男が立っていた。惣角は、その男を一目見て体の中にぴりっと電気が走るような感覚を覚えた。相手の闘気に反応したのだ。その男は、父、惣吉に相通ずる雰囲気を持っていた。戦いの中で生きてきた男に共通する雰囲気だ。鍛え上げられた体格をしているのが着物の上からもわかった。裾を持ち上げ、帯に差し込んでおり、剝き出しになった大腿部の発達した筋肉が見て取れた。

その脚も腕も松の根のようだった。

惣角は、鼻の先がむずがゆくなり、思わず親指の先で弾くようにかいていた。

「本宮の下働きをしておる弥兵衛だ。かつては、会津藩の力士団のひとりだった」

近悳が惣角に言った。

つまり、この弥兵衛という男は、格闘を生業《なりわい》としたことがあり、武術家だということだ。

惣角は、近悳がなぜそんな男を自分に引き合わせるのかわからなかった。だが、考える以前に、体がびりびりと反応している。

強そうな相手を見ると、戦ってみたくてしかたがないのだ。

たいていの人間は、強そうな相手を見ると恐れるものだ。できれば戦わずに済めばいいと考える。格闘家でもそれは例外ではない。戦いは恐ろしい。

だが、その恐怖を刺激として楽しむことのできる人間が稀《まれ》にいる。惣角は、そういう類の人間だった。

「惣角、おまえは、相撲が得意らしいから、その弥兵衛と試合《しあ》ってみるがいい」

「わかりました」

惣角は言った。

こうなると、近悳が何を考えているかなどどうでもよくなる。弥兵衛という相手のことしか頭になくなるのだ。

弥兵衛は、力士だ。素人の惣角がかなうとはとうてい思えない。だが、惣角も素人相撲では負け知らずだ。加えて、惣角は、連日、剣術を鍛練している。体さばきには自信があった。力相撲では、遠く及ばないにしろ、戦う方策はあるはずだった。

弥兵衛が、ふたり分のまわしを用意した。さらに、地面に丸く線を書き、土俵の代わりとした。

近悳は、穏やかな表情でふたりを眺めている。やがて、ふたりの準備が整った。惣角と弥兵衛は、急ごしらえの土俵で向かい合った。弥兵衛が、笑った。惣角を見据えたまま、近悳に向かって言った。

「神主さま。こやつ、どうなっても知りませんよ」

近悳がこたえた。

「武田の若虎だ。油断をすると痛い目にあうぞ」

弥兵衛は、にやにや笑うだけだった。ふたりの身長差は、一尺——三十センチほどもある。

体重の差は、おそらく十一貫——四十キロほどもあるだろう。惣角は、五尺——百五十センチそこそこで、目方は十六貫——約六十キロだ。それに対して、弥兵衛は、六尺、二十七貫——百八十センチ、百キロはありそうだ。

ふたりは、見合った。惣角は、突進力を利用するために、仕切り線よりかなり後ろに構えた。

弥兵衛は、惣角を受け止めるつもりでいる。それがわかった。つかまってしまっては、勝負にならない。惣角は、立ち合いの機先を制することにすべてを賭けようとした。

弥兵衛の左手はすでに地面についている。惣角は、その右手の動きに注目した。ゆっくりと弥兵衛の右手が下りてくる。その拳が、軽く、とんと地面を叩いた。

その瞬間に、惣角は、飛び込んでいた。顎を引いてまっすぐに相手の胸にぶつかっていく。

弥兵衛は、落ちついてその惣角を受け止めようとする。

太い腕が伸びてきた。ふたりがぶつかろうとする瞬間、惣角は体を開いた。相手の太刀をぎりぎりでかわす体さばきの要領だった。次の瞬間、惣角の体は、弥兵衛の右腕の外にいた。

惣角は足を掛けた。たたらを踏もうとする弥兵衛の右足を押さえ込むように自分の右足を差し出したのだ。同時に弥兵衛の腕をつかみ、前方へ加速させるように引いた。

見事な変わり身だった。素人相撲なら、これで勝負がついていたはずだ。しかし、弥兵衛は、残した。左足を円を描くように回り込ませ、ぐっと腰を落とした。見事な四股《しこ》でこらえた。気がつくと、弥兵衛の左手小指が惣角のまわしに掛かっていた。

惣角は、慌てて身を寄せ頭を相手の胸に押しつけ弥兵衛の小指を切ろうとした。たかが小指一本だ。だが、驚いたことに、弥兵衛の小指は決してはずれなかった。惣角は、体を右に左にと激しく揺さぶった。いつしか、弥兵衛の小指だけではなく、薬指がかかった。

弥兵衛は、すいと腰を入れる。惣角の体が浮いた。次の瞬間、天地が入れ代わり、背と腰にしたたかな衝撃を受けた。息が止まった。弥兵衛は、下手を打ち、惣角は見事に投げられたのだ。

惣角は、苦しげに喘《あえ》いでいた。

「武田の若虎……?」

弥兵衛が言った。「神主さま。これは、ただの猫の子ですよ」

惣角は、仰向けのまま天を仰いでいる。すでに息苦しさはおさまった。だが、全身に受けた激しい衝撃のため、起き上がる気になれなかった。弥兵衛の投げはそれくらいに見事だった。杉の枝が見えていた。惣角は、たった二本の指で投げられたことに屈辱を感じていた。

腰や背の痛みよりも、心の痛みのほうが大きかった。

三

しきりに悔しがる惣角を部屋に呼んだ保科近悳は、言った。

「負けるのが悔しいか？」

「悔しいです」

惣角はきっぱりと言ってのけた。

「弥兵衛は、もと力士団だ。関脇力士でもある。一刀流の腕もなかなかだ。そんな相手でも負けると悔しいか？」

「勝つ方法はあるはずです」

「たとえば？」

「剣でなら負けません」

「剣がなかったらどうする？」

「何か方策があるはずです」

近悳は、笑いだした。惣角は、わけがわからなかった。むっとした表情で近悳を見返していた。

「惣吉が持て余すのも無理はない。おまえを神主にしようなどと、土台無理なことなのかもしれない」

惣吉がいるときに言ったこととまったく違っている。惣角は、丸い目をことさらに見開いて近悳を見た。近悳の真意がどこにあるのかまったくわからない。

「惣角。あの弥兵衛に勝ちたいか？」

「もちろんです」

「では、私が勝てるようにしてやろう」

「御家老が……？」

「家老ではない。今は宮司だ。だが、代々西郷家は、御式内の伝授を任された家柄だ」

「御式内……」

「そうだ。会津藩に伝わるお留め技だ」

「それを学べば、あの弥兵衛に勝てますか？」

「おまえの才をもってすれば、不可能ではなかろう。おまえの立ち合いの間や体さばきは見事だった。おそらく剣術で身につけたものだろう。だが、おまえは、つかむということをまだ知らない」

「つかむ……？」

「そうだ。つかむことを悟れば、鬼さえも自在にあしらえる」

「鬼をつかむ……？」

「明日から、私が直々に御式内を教えてやろう」

惣角は、都々古別神社に来ることで、消えかけていた希望の灯明が、また明るく燃え上がるのを感じた。

翌日から、保科近悳による御式内の指導がはじまった。惣角は、神社の境内で稽古するものと思っていた。しかし、保科近悳は、惣角をさして広くない座敷に呼んだ。

武術の稽古と聞いて、惣角は、激しく厳しいものを想像していた。彼は、これまでそういう稽古しかしたことがなかった。父の指導も厳しかったし、会津藩指南役の渋谷東馬の教えも厳しかった。東京の榊原鍵吉道場では、型稽古はほとんどやらず、竹刀で激しく打ち合う稽古ばかりだった。

御式内の稽古がはじまり、惣角はとまどった。まず、立ったり座ったりといった行儀見習いのような稽古ばかりなのだ。それが延々とつづく。そのうちに本格的な稽古がはじまるのだろうと、当初、惣角はおとなしく近悳の指導にしたがっていた。

数日が過ぎた。それでも立ち居振る舞いの稽古ばかりだ。そのうち、膝を突いたまま前進したり後退したりといった稽古になった。ついに、惣角は、耐えられなくなった。

「こんなことをして何になるのです？　これであの弥兵衛が倒せるようになるというのですか？」

保科近悳は、平然と言った。

「物事には順序というものがある。焦っては何事も成就しない」

「私は、武術を学びたいのです。行儀を学びたいのではありません」

「行儀を教えているつもりはない。これが御式内なのだ」

「ならば、御式内など、私には必要ありません」

近悳は、溜め息をついた。

「惣吉が手を焼くのももっともだな……。ならば、試してみるか……？」

「試す……？」

「私はここにこうして座っている。この私を組み伏せることはできるか？」

「簡単なことです」

惣角は、言った。彼の自信がそう言わせた。

「やってみなさい」

近悳は、正座している。惣角は、迷わず片膝を立てた。そのまま、腰を浮かせて飛び掛かった。惣角は小柄だが膂力は強い。全身にしなやかな筋肉が付いており、それが、瞬間に膨れ上がる。持久力と瞬発力を兼ね備えた筋肉は、普段は決して外側に向かって膨れ上がったりはしない。見せ掛けの筋肉とは違うのだ。惣角が身に付けているのはそういう類の筋肉だった。

惣角は飛び掛かり、その腕力で組み伏せてしまおうと思った。惣角の動きは速かった。近悳は、ぎりぎりまで動かない。惣角は、近悳を捉えたと思った。その瞬間、近悳の体がすいと移動した。近悳は正座したまま動いたように見えた。惣角は、ころりと投げ出されていた。

近悳が脇で正座している。

何が起きたのか惣角にはわからない。近悳は、膝で移動しながら、惣角の片手を取り、手首をきめて投げたのだ。その手の取り方が絶妙でいつ投げられたのかわからなかった。惣角は、跳ね起きた。再びかかっていく。いくら飛びついても同じことだった。

何度も投げられているうちに惣角はばからしくなった。

近悳の静かなものごしが不気味に感じられた。近悳は微笑《ほほえ》むと、言った。

「今度は、私の両手を取ってみなさい。私が動けないように押さえつけるのだ」

惣角は、力比べなら負けないとばかりに、正面から近悳の両手首をしっかりと握った。惣角は、片膝を立て、近悳はやはり正座している。惣角は、がっちりと握り、押さえつけた。

近悳は、すっと両肘を脇に付けるとそのまま惣角のほうに向けて両手を突き出すようにした。不思議なことに、それだけで惣角の体重が浮いてしまった。次の瞬間、やはり、ころりと投げられる。しっかりと力を入れていたはずなのだ。

惣角は、すっかり毒気を抜かれ、ぽかんとしていた。近悳が言った。

「これが、つかむということだ」

「つかむ……」

「おまえは剣術をやっているくせに、つかむということがわかっていないようだ」

「剣術とつかむこととどういう関係があるのですか?」

「剣で打ち込むことしか考えていないのだろう。おまえの神経は、剣の切っ先にある。だが、大切なのは、手《て》の裡《うち》だ。剣を持つ手が大切なのだ」

「それはわかっているつもりです」

惣角は、剣を自在に扱うためには、柄を握ってしまってはだめだということを知っていた。小指をしっかりと締め、人差し指のほうは緩めておく。剣の柄が両手の手の裡で遊んでいる状態でないと剣は生きないのだ。惣角は、そういうことは、すでに学んでいるはずだと思った。

「わかっていながら、なぜ私の手を握ったときに、転がされてしまったのだ?」

惣角は、はっと思った。

人間が相手だと、どうしてもしっかり握ってしまう。相手を押さえつけようとしてしまうからだ。だが、剣を扱うように相手をつかむことができれば……。

惣角は、小指と薬指のたった二本の指で自分を投げた弥兵衛のことを思い出していた。あれが、人差し指なら投げられていないはずだ。小指だから投げられたのだ。得物を扱うときも、人を投げるときも大切なのは小指なのだ。あとの指は、なるべく力を抜いたほうがいいに違いない。惣角はそう悟った。

「どうやら、わかったようだな。農夫は鋤鍬《すきくわ》を持つ。そのときに決してしっかりと握りはしない。刀を持つときも同様だ。だからこそ、自在に道具を扱うことができる。道具本来の働きもできる。同じように、相対する相手をつかむことができれば、相手を自在に操ることができるのも道理」

「鬼もつかめますか?」

「鬼とは、敵の荒ぶる心だ。手の裡に熟達し、年老いた農夫が鋤鍬を扱うがごとく、相手の手なり袖《そで》なりをつかめれば、こちらの思うようになる。敵の荒ぶる心さえも自在に扱える。これがつかむということだ」

「鬼もつかめる」

「そうだ。だが、敵は、剣や鋤鍬とは違う。動いている。その動きを留めるのが、こちらの体さばきだ。よいか。御式内は、正座した状態から、膝で体を運ぶ。膝行《しっこう》という。これが自在にできれば、立っておるときの動きはさらに自在になるのは道理だ。わかるか」

「はい」

惣角は、その瞬間にすべてを把握した。

「御式内を修めるには長い年月がかかろう。今は、その初手を学ぶことが肝要だ」

道理を理解すれば、もう文句は言わなかった。惣角は、もともと、剣術と父から教わった武田家の柔術に熟達している。そして、御式内は同系統の柔術が特殊化した技の体系だ。上達も早かった。

その上達ぶりは、保科近悳を驚かせるほどだった。

ある日、稽古が終わると近悳が言った。

「弥兵衛を呼んである。手合わせをしてみなさい」

惣角は、この日を待っていた。投げられた日の悔しさは忘れていない。虎ではなく猫の子だという弥兵衛の言葉が今でも耳の奥に残っていた。

土俵が用意され、弥兵衛と惣角は、まわしを締めて相対した。保科近悳が、その脇に立ち、ふたりを眺めている。いつしか、禰宜や下働きの連中が集まってきた。

「猫の子がまたじゃれにきたか……」

弥兵衛は言った。惣角は何も言わなかった。ただじっと弥兵衛を見据えている。

この前は、立ち合いの瞬間に変わった。だが、それは、関脇力士の弥兵衛には通用しなかった。まともにぶつかって勝てる相手でもない。どう戦うべきか、惣角は、そのことに集中しているのだ。また無意識に鼻の頭をかいた。

弥兵衛が前に歩み出た。惣角も土俵に入る。蹲踞《そんきょ》して、相手の様子を見る。弥兵衛は、手をつかない。あくまで格上であることを見せつけようとしている。

かまわず、惣角は左手をついた。弥兵衛も左手を下ろす。惣角はさらに右手もついた。弥兵衛は、惣角をじらしている。惣角は立たなかった。弥兵衛の右手が地面につくのを待っている。

いきなり弥兵衛が右手をつき、そのまま立った。

巨体がうなりをあげて惣角に襲いかかる。だが、惣角は、そのとき、すでに突っ込んでいた。惣角に逃げや待ちの手はなかった。ただひたすら前へ出るだけだ。惣角は低くぶつかった。相手の鳩尾《みぞおち》のあたりに頭を突っ込んだ。

弥兵衛はひるまなかった。力士の体はどこもかしこも岩のように硬い。弥兵衛は、惣角のまわしをとりにくる。惣角は、その腕をてのひらで押さえ、脇を締めた。

弥兵衛の力がそらされる。弥兵衛はいくら力を入れてもその力の方向を変えられてしまうように見えた。惣角は、弥兵衛の脇があいたのを見て、いきなりそこに飛び込んだ。左手を弥兵衛の右腕に、右手を相手の肩に触れている。決して惣角が力を入れているようには見えなかった。

惣角は弥兵衛の右脇の下をくぐり抜けた。同時に、両手で弥兵衛の腕と肩を操っていた。そのまま、惣角の足が円を描いた。

弥兵衛の左足が浮いた。そのまま、たたらを踏む。惣角の両手は、その動きをうまくリードしているようにしか見えない。

弥兵衛の左足がどんどん高くなっていき、やがて、その巨体がもんどり打って倒れた。惣角は、土俵際ぎりぎりで立っていた。

弥兵衛が、尻餅《しりもち》をつき、ぽかんとした顔で惣角を見上げていた。見物していた禰宜や下働きの連中が、どっと声を上げた。

「猫の子めが……」

弥兵衛はようやくそうつぶやいた。

惣角は、本物の関脇に勝ったことでますます自信を深めた。今度立ち合ったら、また負けるかもしれない。勝負とはそういうものだ。重要なのは勝ち負けではなく、勝負のときに何をつかむかなのだ。彼は、自分の手が相手を思う通りに動かせるのを知った。それは、無理に引くのでも押すのでもない。触れていれば動かすべき方向がわかるのだ。剣を扱う感覚にたしかに似ていた。

「鬼をつかんだ……」

惣角は、ある日、稽古のあと、そうつぶやいた。弥兵衛を倒したことで、相手をつかむことがわかりはじめた。そして、彼はついにその感覚を自分のものにしたのだった。


早朝、境内に降りた保科近悳は、弥兵衛が水汲みをしているのを見つけた。弥兵衛に近づくと、近悳は言った。

「弥兵衛。先日は、つらい役目をさせてしまったな……」

「あ、これは、神主さま……。いや、どうということはありません」

「憎まれ役というのは、嫌なものだ。すまなかったな」

「いいえ、力士団の団長だった武田殿のお役に立てるのでしたら……」

「いずれ、あの惣角は、会津の心を全国に広めてくれるだろう」

「ええ。そのためだったら、いくらでも憎まれてやりますよ……」


惣角が、使いで出掛けているときに、父、惣吉が都々古別神社を訪ねてきた。保科近悳は惣吉を丁重に出迎えた。

「もう少し待っておれば、惣角も戻ろう」

「いえ。様子をうかがいに参っただけですから。いかがです。惣角は、勉学に精を出していますか」

保科近悳は、やや間を取ってからおもむろに言った。

「惣吉。あいつは神官の器ではない」

「は……？」

「おまえも気づいておろう。惣角は、生まれついての武芸者だ」

「しかし、もう武士の世ではありません」

「だが、武士の心は、会津の心は失われない。私はそう信じておる。いいか、武芸は、新しい世でもきっと役に立つ。軍隊、邏卒《らそつ》などにも必要だし、何よりその精神は、受け継がれねばならない」

「しかし……」

「おまえの気持ちはわかる。惣角に楽をさせたいというのであろう。だが、どうだ。あの惣角に、会津の心を預けてみないか？」

「どういう道がありましょう？」

「それは、私にもわからぬ。惣角自身が切り開いていくことになろうな……。だが、あいつならできる。私はそう信じている」

「どうも、親というのは、子供を正しく評価できないもののようです」

「あの惣角がかわいいのだろうな？」

「はい。誰よりも……。手のかかる子であればこそ、なおさらに……」

「おまえの心を受け継いでおるようだ。つらいだろうが、いずれ、おまえのもとを去るかもしれぬ」

「そうなのかもしれません。それに私は薄々気づいていたようですから。だから、ことさらに厳しくしました。保科さまにお預けすれば、しばらくは、側にいてくれるものと思っていましたが」

「許せ。この近悳、久々に血が熱くなった。惣角は、稀に見る逸材だ」

「恐れ入ります。ですが……」

惣吉は、言った。「親にしてみれば、平凡な子であったほうが幸せだったかもしれませんな」

この年、惣角は、渋谷東馬から小野派一刀流の免許皆伝をもらっている。わずか十六歳でのことだ。

御式内の基礎訓練が惣角の武芸をまた一歩前進させたことは間違いない。彼の武術への情熱は、さらに熱くなりつつあった。

第三章

一

都々古別神社に神職見習いとしてやってきて、二週間ほどが過ぎていた。

惣角は、宮司の保科近悳がこのところ落ち着きがないのに気づいていた。

穏やかで理性的な学究肌の保科近悳は、小柄だが侵しがたい存在感を持っていた。その保科近悳が、どうも落ち着きを欠いている。部屋にじっとしていられない様子で、境内に出たかと思うとまた部屋に戻ってしまう。

何事かしきりに考えている様子だった。

「おい、弥兵衛……」

惣角は、下働きの男に声をかけた。

「なんだ……?」

「さいきん、神主殿の様子がおかしい。そう思わぬか?」

惣角は、まだ十六歳。弥兵衛は、すでに三十歳を過ぎている。しかも惣角は、新参者だった。

それなのに、惣角は弥兵衛に対して対等の口をきいている。弥兵衛は、二度の相撲の立ち合いで惣角がただものではないと認めるようになったのだ。彼らの間には立場や年齢を超えた共感があった。

弥兵衛は、むずかしい顔をして惣角の問いにこたえた。

「そのことだがな……」

「何か知っているのか？」

「西郷隆盛の動向を知っておるか？」

「西郷……？　いや、知らんな……」

「征韓論政変で野に下り薩摩に帰ったという話は？」

「知らん。何だ、それは？」

「まったく、おまえは、武芸の腕はたいしたものだが、世の動きには疎《うと》いな……」

「俺は誰よりも強くなる。それ以外のことは考える必要はない」

愛嬌《あいきょう》のある顔でそういうことを言うのだから、どこか滑稽《こっけい》に思え、弥兵衛は思わず笑っていた。

「征韓論というのはだな、まあ、簡単にいえば、欧州や米国によってわが日本国がこうむる損失を、朝鮮を征服することによって補うべしという議論だ」

「補えるならそうすればいい」

「そう簡単ではない。国と国との戦争になる」

「そうすれば、武士がまた思う存分働けるかもしれない」

「単純だな。国の軍隊は、藩に仕官するのとは訳が違う」

「どう違う？」

「いや……。どうといわれても……。政府の仕組みというのがあってな……」

「政府というのは、新しい幕府のようなものだろう。戦《いくさ》となれば武士が必要なはずだ」

弥兵衛はどう説明していいかわからなくなった。

「そうさな……」

弥兵衛は、声の調子を落とした。「実際、そう考えている士族はたくさんいる……。世の中、そう簡単に変わるものじゃないらしい……」

「西郷がどうのと言っていたが……？」

「西郷隆盛は、士族たちの生活の苦しさを見るにみかねたんだ」

「どういうことだ？」

「廃藩置県後、多くの士族は仕事を失い、その日の暮らしにも困るようになった。何よりつらいのは、身分を失ったことだ。他人ごとのように言っているが、この俺とてそうだ……。俺みたいなもと侍が国中にあふれている」

「こういう世の中にならなければ、父も、俺に学問をしろなどと言わなかっただろうしな……」

「今の政府は腐っている。夜毎舞踏会など開き、政治家どもは贅沢《ぜいたく》な生活をしている。あちらこちらで百姓一揆が起きているというのにな……。民主主義だ何だとほざいても、実際のところは大久保利通の独裁だ。貧しい士族たちの不平不満の声は大きい。西郷隆盛は、その士族たちの不平不満をなんとか解消しようと、征韓論に乗らざるをえなかった……」

「よくわからんが、背に腹は代えられぬというやつか……」

「そんなところだ。もともと、征韓論を言いだしたのは岩倉具視や木戸孝允なんかだ。その岩倉が外遊している間に、西郷隆盛は、征韓論を実行に移そうとした。不本意だったらしいがな……」

「それで……？」

「おまえ、本当に何も知らんのか？」

「知らん」

「三年前のことだ」

「俺は、榊原師範の道場で稽古をしていた……」

「ならば、江戸にいたんじゃないか……。おっと、江戸じゃなく東京か……。政治の話だって耳に入ってきたんじゃないのか？」

「一日中稽古をしていた。夜は、ただ眠るだけだ。政治の話など聞いている暇はない」

「西郷隆盛が政府を去って薩摩に帰ったのは、その征韓論政変のせいだよ」

「西郷隆盛が薩摩に引っ込んだという話はよくわかった。だが、それと神主殿とどういう関係がある？」

「知らなかったのか？　神主殿と西郷隆盛は、戊辰戦争以来、親交がおありになる」

「敵同士だったじゃないか」

「同姓のよしみもあったろうな。箱館五稜郭で神主殿たちが官軍に下ったとき、西郷隆盛は、敵ながら忠義の心あっぱれと、刑を大幅に減じた。おかげで神主殿は幽閉されるにとどまった。このとき、西郷隆盛は、金子《きんす》など贈って神主殿を励まされたということだ」

「会津西郷家と西郷隆盛は血縁なのか？」

「いや、そういう話は聞いたことがない。個人的な付き合いだと思う。その西郷さんがな、また、征韓論のときと同じ立場に立たされているという……」

「同じ立場……？」

「政府に不満を持つ士族たちが、再び立とうとしているらしい。謀叛《むほん》をくわだてているのだ。その謀叛に西郷隆盛を担ぎだそうとしているようだ」

「戦か……？　また、戦があるのか？」

惣角は眼を輝かせた。

「まったくあきれたやつだ。戦がそんなにうれしいか？」

「あたりまえだ。武士の仕事は戦をすることだ。それで、西郷隆盛は、いつ立ち上がるのだ？」

「わからん……。だが、神主殿は、その動きを知って落ち着かないのだと思う」

「そうか……」

惣角は、弥兵衛の話をまったく自分の都合のいいように解釈していた。「西郷隆盛が、武士のために立ち上がるか……」

弥兵衛は、もう何を言っても無駄と知り、放っておくことにした。

そのとき、境内に入ってくる者があるのに弥兵衛は気づいた。

「おや、客人のようだ……」

惣角もそちらを見た。客は、惣角と同じくらいの年齢に見えた。袴姿《はかますがた》で、髪はぼさぼさのざんぎり頭だった。弥兵衛が応対のためにその人物に近づいていったが、惣角は、まったく興味を示さなかった。

客より、今聞いた西郷隆盛の話に心が騒いでいるのだった。

弥兵衛が言った、政府に反感を持つ士族たちの西郷隆盛担ぎだしの動き——これが後の西南戦争への胎動だった。

二

客を保科近悳のもとに案内した弥兵衛が惣角に言った。

「おい、茶を持っていってくれ」

「俺が？」

「おまえは、神職見習いだ。そういうのも修行のうちだよ」

惣角は、台所へ行き、賄《まかな》い婦に茶を用意させた。盆にふたり分の茶をのせて廊下を進む間も、西郷隆盛のことで頭が一杯だった。

「茶をお持ちしました」

障子の外で惣角が言うと、部屋の中から保科近悳の声が聞こえた。

「惣角か？　入りなさい」

惣角は、障子を開けた。

さきほどの客が、座卓をはさんで保科近悳の正面に座っている。

（書生だな……）

惣角は、さりげなく客を観察した。袴は上等のもののようだが、特に身だしなみに気をつかう男ではなさそうだった。

髪は、乱れたままだし、着物もすっかり糊《のり》が落ちている。年齢は、惣角と同じくらいだ。

その少年が、まっすぐに保科近悳を見つめている。惣角は、その眼が気になった。

意志が強そうに輝いている。いかにも利発そうな感じだった。しかも、その眼差しは、負けず嫌いであることを物語っている。

（神主殿に何か頼み事のようだな……）

惣角は、まず、客に、それから保科近悳に茶を出した。

「そうですか……。摂津《せっつ》から……」

保科近悳は、客との会話を続けた。

「はい。父が、摂津で造り酒屋と廻船《かいせん》問屋をやっておりました。父について東京へやってまいりまして、ただいま勉学修養中の身です」

「このたび創立される東京大学に進まれるか……。それはたいへんだ……」

「勉学のほかに、もうひとつ、興味を持っているものがあります。それについて、是非お願いしたいことがありまして参りました」

「ほう……」

惣角は、話の邪魔をしてはいけないと思い、茶を置くとすぐに退室しようとした。障子のところまで下がったとき、客の少年が言った。

「私は、柔術というものにたいへん興味を持っております」

「柔術に……？」

「武士が刀を差して歩く時代は終わりました。残念なことに剣術が役に立つ時代ではなくなっていくのだろうと思います。しかし、徒手空拳の柔術は、これからの世にも大いに役に立つと思うのです。かつて兵法では、剣術のみならず、体術、すなわちやわら、柔術というものが必ず伝えられていたと聞いております。江戸の世になり、剣術の流派と柔術の流派はそれぞれに分かれていったのでしょう」

「おっしゃるとおりです。それで、この私に何を……？」

惣角は、客と保科近悳の会話を聞いていたかった。他ならぬ武道の話なのだ。

しかし、神職見習いの身では、神主とその客に対して話を聞かせてくれとは言えなかった。

惣角は、部屋を出て障子を閉めなければならなかった。

立ち去ろうとしたが、その場から動けなかった。

惣角は、客の少年の訳知り顔が気に入らなかった。しかも、客は、剣術が役に立たなくなると言っていた。

惣角がこれまで、命懸けで修行してきた剣術が無用のものになると客は言うのだ。腹が立った。

惣角は、障子の脇に片膝をつき、部屋の中の会話に耳を澄ました。

客の少年の声が聞こえてくる。

「私は、いろいろな柔術の流派を研究したいのです」

「研究……？」

「柔術は、これからの世にきっと役に立つ。それを身をもって体験したいのです」

「柔術の修行をなさると……？」

「本格的な修行は、大学に入るのを待たねばなりません。だが、そのために実際にこの眼でさまざまな流派を拝見しておきたいのです。会津藩には、代々伝えられているお留め技がおありになるという話を聞きました。その技は、御家老であられた神主殿の家に伝えられているとか……」

保科近悳は、何も言わない。

（何を考えているんだ？）

惣角は、思った。(御式内は、会津藩の重職でなければ学べない秘伝だ。摂津あたりの商人の息子に見せられるはずがない。神主殿は、何を迷っている?)

突然、保科近悳は言った。

「惣角……」

惣角は、はっと身を固くした。

「盗み聞きとは行儀の悪い……。話を聞きたいのなら、こちらへ入りなさい」

惣角は、大声で「はい」と返事をすると、障子を開けて、部屋に戻った。盗み聞きを咎められても、恥ずかしそうな様子は見せない。

悠然とした態度で客の脇を通ると、部屋の隅に正座した。惣角一流の居直りだった。

客は、一瞬たりとも惣角のほうを見なかった。保科近悳以外には、眼もくれないといった態度だ。

(同じくらいの年齢のくせに、こいつは俺を見下している……)

そう感じた惣角は、ますます腹を立てた。保科近悳は、客に眼を戻して言った。

「武士は、たしかにその職を奪われました……」

その声音は、相変わらず穏やかだった。しかし、惣角は、わずかな苛立ちのようなものを保科近悳の口調から感じ取っていた。「貧困に喘いでいる士族が、国中にあふれている。そう……。あなたの言われるとおり、剣で身を立てることなどできない世の中になりました……」

「三年前に徴兵令が敷かれ、国を守る兵士というのは、武士という特別な階級のものではなくなりました。さらに同じ年の秩禄《ちつろく》処分。さらに今年は、廃刀令が出され、士族といえども刀を差して歩くことができなくなったのです」

惣角は仰天した。

廃刀令という話は聞いていた。だが、それは、武士以外の話だろうと高をくくっていたのだ。

まさか、侍が刀を差せない世の中が本当に来ると思わなかったのだ。

惣角は、そこでまた、弥兵衛から聞いた西郷隆盛の話を思い出した。

(こいつは、士族たちがもうじき西郷隆盛を担いで謀叛を起こすということを知っているのだろうか?)

惣角は思った。(おそらく、知りはすまい。知っていたなら、こんなしたり顔はできぬはずだ……)

惣角の心の奥で、苛立ちと怒りがくすぶっていた。今、目の前にいる書生が、会津を滅ぼした官軍の象徴であり、文明開化という惣角の生き甲斐を奪おうとする世の流れの象徴のように感じられた。

「そう。侍が生きていける世の中ではなくなりました……」

保科近悳はあくまでも穏やかに言う。

「榊原鍵吉のような立派な剣術家が、見世物のような興行をやらねばならない世の中なのです」

書生のこの言葉に、惣角は、思わず大きく息を吸い込んだ。

保科近悳が、惣角のほうを見た。書生が、それに気づいて惣角のほうを振り返った。初めて惣角がそこにいることを意識したという態度だった。

惣角は、我慢ならないという表情で、じっと書生を睨み付けていた。丸い大きな目がらんらんと光っている。

書生はわけがわからない様子で、惣角を見返していた。

「失礼……。その者は、武田惣角。この神社で神職見習いをやっております」

「ほう……」

「武田家は、甲斐武田家につながる家柄で、会津の重鎮でした。実は、この惣角は、ちょうど三年前から、今お話に出た榊原鍵吉殿の道場で内弟子として修行しておりました」

「そうでしたか……」

「榊原先生は……」

惣角は、たまりかねたように言った。「見世物などやっておられない」

「撃剣会のことをご存じなのですか？」

書生が尋ねた。

「私も、その撃剣会に出た」

「ああ、そうでしたか……」

「榊原先生は、真に武芸の発展を目指して撃剣会を催されたのだ。剣術の新たなる発展を模索するために……」

惣角は、本気でそう言っていた。事実、明治六年（一八七三年）に、榊原鍵吉が開いた撃剣興行は、見世物とは程遠いものだった。

東西に分かれて、竹刀、薙刀、槍などの試合が行われた。一試合は三本勝負で、行司を立てて真剣に勝敗が争われた。

試合を見せる者の中には、幕府の養武所にいた者もおり、技術的にも優れた演武会だった。そうした試合に加え、朝の六時から十時までは稽古を行ったり、等級の認定審査なども合わせて行っていた。

また、榊原たちが、東京府に提出した「撃剣興行に付概略仕法奉申上候」という書類には、「男女・貴賤の別なく見ることを許すが、試合の間に声高に話をしたり、大きな声で笑ったりして無礼の振る舞いのある者は、即刻退場させる」とある。

榊原鍵吉は、惣角が言ったように、衰えゆく武芸の行く末を真剣に考えて催したのだった。

この榊原の情熱は、その後、明治十九年（一八八六年）の警視庁武術大会へとつながり、さらには、明治二十六年（一八九三年）の大日本武徳会の発足を促すことになる。

しかし、一方で、この撃剣会の興行としての成功に目を付けた者によって、東京府下で次々と亜流の興行が行われ、その流行は全国に及んだ。

ここに来て、撃剣興行は、書生の言うような見世物に堕していったのだった。

「榊原先生は、武芸のすばらしさを町民たちに示して、武芸に携わる者たちの立場を今一度確かめなおそうと……」

　惣角は、言いながら、何かむなしい気分になってきた。

　徴兵制、秩禄処分に続き、この年に発布されたという廃刀令のことが、胸に重くのしかかってきていた。

「しかし……」

　惣角は、うなるように言った。「しかし、今に、薩摩の西郷さんが……」

　言ってからはっとした。

　口にしてはいけないことだったかもしれないと、惣角は、言ってしまってから気がついたのだった。

　惣角は、保科近悳の顔を見た。

　保科近悳は、一瞬、驚いたように惣角を見たが、すぐに穏やかな表情を取り戻した。

　惣角は、保科近悳が一瞬見せた驚きの表情、そして、その直後に、これも一瞬だけ見せた苦悶《くもん》の表情を見逃さなかった。

　保科近悳は、書生のほうに顔を向けた。

「たしかに、あなたが言われることは間違ってはいない。だが、そんな世の中で、柔術がどう役立つというのです？」

「若者の心身の育成に役立つと思います」

　書生はきっぱりと言った。

「心身の育成に……？　武術は、戦の技術ですぞ……」

「かつては、そうでした。しかし、これからは、そうではなくなるのです。武士だけではなく、誰でも柔術を学べる世の中にならねばなりません。私は、商人の息子です。しかし、大学に入ったら柔術を学ぶつもりです。武士の武術と、これからの武術は、当然、違うものになっていかねばなりません」

「あなたの言うことを理解したい……」

保科近悳は言った。「しかし、もと会津の家老である私には、そこまで思い切ることはできないのです。これまで、お留め技だったものを、あっさりと会津の外に出すことはできない」

「お留め技というのは、藩を守るためのものでしょう。失礼を承知で申し上げれば、すでに、その必要はなくなっているのではありませんか。その技を広く世のために役立てることをお考えになってはいかがです」

「あなたは、まだ、柔術というものを修行なさっていない。だから、頭だけでそういう理想論をお考えになる。柔術に限らず、武術・武芸というものは、門弟か子弟だけに伝えられてきました。なぜだかわかりますか？」

「その技を他人に知られたら、技の意味がなくなるからでしょう」

「流派や家の保身のためと言われるか？」

「違いますか？」

「違うな……。術を伝えるときは、相手を見なければならないのです」

「相手を見る……？」

「そう。第一に、中途半端に学ぶことを恐れるのです。生兵法は怪我のもとと申しましてな……。中途半端な武術の修行は、本人にとって危険です。術を授けるときは、相手が、真剣に奥義まで学んでくれるかどうかを確かめねばなりません」

「なるほど……」

「第二に、術を悪しき目的で学ぶのを恐れなくてはならない。いいですか。武士は、武術を生業として生きてきました。しかし、これからは、どんな人間にも門戸を開かなければならないと、あなたは言われる」

「そうです」

「では、品性のよくない者が武術を学ぼうとしたらどうします。やくざ者が、秘伝といわれる各流の柔術などを学んだら……」

「柔術は、そうした人間の品性を改めさせるのにも役立つと思います」

「それは、あまりに理想論だ……」

「西洋では、武術が心身の育成に役立っていると聞きます。貴族の剣術や、拳闘が青少年たちの身体育成に利用されているのです。新しい言葉で体育と呼ぶのだそうです。英語で言うとスポーツです。スポーツはこれからの日本の教育に必要なのです。海外から、多くのスポーツが輸入されるでしょう。しかし、私は、そうした西洋のスポーツにない日本独特の体育を考えたい。それには、長い年月をかけて培《つちか》われた武術がもってこいなのです」

「他の柔術の先生がどう言われるかはわかりませんが……」

保科近悳はあくまで、やんわりと断った。「会津に伝わる柔術は、あくまでも会津だけのものです。会津のために生きてきた者にしか伝える気はありません」

客の書生は、じっと保科近悳を見つめていたが、やがて言った。

「先達が練り、作り上げ伝えられてきた武術は、日本の宝です。それを、このまま絶えさせてしまうおつもりですか？」

「私の家を継いでくれる者が現れたら、その者には伝えようと考えています」

「お家を……？」

「現在、私は天涯孤独の身です。家を守るためには、いずれ養子をもらい受けなければならないでしょう……」

「それまでは、そのお留め技は誰にも伝えないと……？」

「俺が継ぐ」

惣角が言った。

書生は、振り返った。

「あなたが……？」

「商人の子に心配されるいわれはない。会津の技は、この俺が継いでいく」

書生は、保科近悳に言った。

「本当ですか？」

「いや、まだ、正式に教えているわけではない。この惣角は、剣の腕前がなかなかのものでしてな……」

「榊原鍵吉の道場で修行されたとか……」

「それ以前に会津の渋谷東馬の道場で、小野派一刀流を学び、すでに免許皆伝を得ております」

「ほう……。それはすごい……」

「惣角は、武芸に関しては誰よりも熱心です。いずれ、すべてを伝授する日も来るかもしれない……。会津の技は、細々と伝えられていくでしょう。私はそれでいいと考えています」

書生は、無言で保科近悳を見つめていたが、やがて言った。

「そうですか……。強力無比の柔術技だと聞いて参ったのです。是非とも一目拝ませていただきたかったのですが……」

「遠路、お越しくださったのに、申し訳ありません」

保科近悳は頭を下げた。

家老が商人の息子に頭を下げている。惣角は、またしても屈辱を感じていた。

(明治というのは何という時代なのだ。いったい、どういう世の中になってしまったのだ)

惣角は、歯嚙《はが》みするほどくやしい思いをした。

書生は、保科近悳にいとまの挨拶をして立ち上がった。保科近悳は、座ったままだった。

書生が障子を開け、廊下に出ていった。

「御家老……」

思わず惣角はそう言っていた。

「惣角。私は、もう家老ではない。都々古別神社の神主なのだ」

惣角は、膝の上で拳を握りしめている。やがて、惣角は、勢いよく立ち上がると、部屋を駆けだしていった。

「これ、惣角。待たぬか、惣角！」

保科近悳は、その勢いにはっとなり、呼びかけた。

三

書生は、境内を歩み去ろうとしていた。

「待て！」

駆けだしてきた惣角が叫んだ。

書生は、悠然と振り返った。

「何か？」

その書生は、決して大柄なほうではなかった。しかし、さらに小柄な惣角は、見上げるようにして書生を睨み付けた。

「無礼な言葉の数々……。許せんな……」

「ほう……。無礼討ちになさいますか？」

惣角は、言われて一瞬、本当にそうしようかと考えた。だが、刀は部屋にある。それを取りにいくのも間が抜けている。

「そうしたい気分だな」

「あなたが私をお斬りになれば、獄につながれますよ。そういう世の中になったのです」

惣角は、相手の書生面がますます気に入らなくなった。

「斬りはせん。おまえなど斬っても刀の錆《さび》になるだけだ。素手で充分だよ」

「ほう……」

書生は、いささかも臆する様子がなかった。涼しげな眼で惣角を見返している。

その眼がいかにも強情そうであることに、惣角は、初めて気がついた。一度言いだしたら引かない男であることが、その眼からうかがえた。

書生は、下駄を脱いだ。

「喧嘩とあらば、買わぬわけにはいきませんな……。こちらにも、意地というものがあります」

「いい度胸だ……」

惣角は、身構えた。「ここでおまえが死んでも悔いのないように名前を聞いておこう……」

「嘉納《かのう》治《じ》五郎《ごろう》といいます」

彼は、腰をわずかに屈め、惣角がかかってくるのを待っている。

惣角は、怒りにまかせて殴りかかった。剣術で培った突進力がある。顔面に拳を飛ばす。

嘉納治五郎は、なんとかそれを後ろにさがってしのいだ。

（素人め……）

惣角は、心の中でにやりと笑っていた。

すかさず惣角は、二の手を出した。左手を突き出したのだった。相撲の張り手の要領だった。

その一打が、嘉納治五郎の顔面をとらえた。嘉納治五郎は、ふらふらとあとずさった。一瞬、目の前が白くなったはずだと、惣角は思った。

動きの止まった素人など、惣角にとっては赤子も同然だった。右手で相手の着物の肩のあたりをつかんで、右足をかけながら引き回した。

嘉納治五郎の体が面白いように宙を舞い、腰から落ちた。現代の柔道でいうところの、『支え釣り込み足』のような技だった。

嘉納治五郎は、地面で苦痛にあえいでいた。惣角は、その様子をにやにやしながら眺めている。

「商人の息子ふぜいが武士に逆らうとどうなるか、思い知ったか？」

惣角は、勝ち誇ったように嘉納治五郎を見下ろしている。だが、ふとその表情が引き締まった。

嘉納治五郎が起き上がり、再び身構えたのだ。

嘉納治五郎は言った。

「そのようなことを言っていると、時代に取り残されるぞ」

惣角は、再び頭に血が上るのを感じた。

「二度とそのような口がきけないようにしてやる……」

惣角は、また打ちかかろうとした。しかし、今度は、嘉納治五郎のほうから組み付いてきた。

がむしゃらにしがみついてきて、惣角を引き倒そうとする。

惣角は慌てなかった。たしかに嘉納治五郎の力は強い。さらに彼は、必死だった。だが、所詮《しょせん》素人だった。

嘉納治五郎は右手で惣角の胸元をつかみ、左手を帯に回している。相撲の要領でなんとか投げを打とうとしているのだ。

惣角は、嘉納治五郎の右手を両手で取ると、体をひねって巻き込んだ。あっさりと手首を逆に取ることができた。

手首を決められて嘉納治五郎は喘いだ。

惣角は、手首を決めたまま、さらに体を入れ換えて嘉納治五郎を振り回した。嘉納治五郎の体は、再び宙に飛んだ。

これは、今の合気道でいう『小手返し投げ』のような技だった。嘉納治五郎は、またしても地面に体を打ちつけた。

惣角は、保科近悳から御式内のうち、ごく基本的な部分を学んだ。それだけで、このようなことができるようになっていた。

二度も投げられては、すでに戦意を喪失しているだろうと惣角は思った。

しかし、嘉納治五郎は再び立ち上がった。さらに、立ち上がるや否や、再び惣角につかみかかってきたのだ。

惣角は、相手がつかもうとする瞬間、入り身になって、右手の掌で相手の顎を突き上げた。

剣道で、相手の面をかいくぐり、突きを見舞う要領だった。

嘉納治五郎は、のけ反ったまま、またしても見事にひっくり返った。

惣角は、肩で息をしていた。疲労のせいではない。これくらいのことで息が上がるような鍛えかたはしていない。取り乱しているせいだった。

嘉納治五郎のしつこさが、彼を追い詰めつつあるのだ。

またしても嘉納治五郎は起き上がろうとしている。

それを見た惣角は、我を忘れた。嘉納治五郎に馬乗りになり、顔を拳で殴りはじめた。嘉納治五郎は唇を切り、鼻血を出して、たちまち、顔面が血だらけになった。

惣角は、目を見開き、歯を剝きだして殴り続けている。彼は、恐怖を感じているのだった。投げても投げても起き上がって向かってくる嘉納治五郎が、惣角を怯えさせたのだ。さきほどの怒りと、その恐怖が入り交じり、惣角は、歯止めがきかない状態になっていた。本当に嘉納治五郎を殺しかねなかった。

いきなり襟首《えりくび》をつかまれ、惣角は、はっとした。

振り返ると保科近悳が立っていた。惣角の襟首をつかみ、驚くほどの力で惣角を嘉納治五郎から引き離した。

尻餅をついた惣角は、勢いよく立ち上がりわめいた。

「どいてください。俺はそいつを許せない……」

「恥を知れ。惣角」

保科近悳は悲しげに言った。

嘉納治五郎は、おびただしい血を流してはいるが、実際にはそれほどの痛手はなかった。顔面や頭部の傷は、派手に血が出るものだ。

嘉納治五郎は、なんとか上半身を起こして保科近悳と惣角を眺めていた。その眼にはまだ活き活きとした光が宿っている。彼は、まだ惣角と戦うつもりでいるのだ。

保科近悳は、惣角の前に立ちはだかった。惣角は、保科近悳ではなく嘉納治五郎を見ていた。嘉納の眼にまだ戦意が残っているのを見て、またしても血が逆流した。

「この野郎！」

惣角は、また嘉納治五郎にのしかかろうとした。

保科近悳が、すっと右手を出して、惣角の肩に触れた。つかんではいない。ただ触れただけだ。その手で小さく円を描いた。押したようにも見えない。

しかし、それだけで、惣角がすとんと腰を地面に落としてしまった。

嘉納治五郎は、その様子を瞬《まばた》きもせずに見守っていた。

「御家老……」

惣角はつぶやくと、立ち上がった。その眼は、まだ怒りに燃えている。

保科近悳に何をされたのかもわかっていない。実際にそれくらい自然な出来事に見えた。

惣角は、自分が体勢を崩して倒れたくらいにしか感じていなかった。

今度は、保科近悳が近づいてきた。惣角は、あわてて一歩さがろうとした。そのとたんに、
保科近悳は、右手を差し出した。

惣角は、反射的にその手を避けようと左手をだした。保科近悳の右手がその手に重ねられた。またしても握ってはいない。重ねあわせただけだ。

小さく円を描く。

惣角の体がまたしても投げ出されてしまった。

今度は、惣角も起き上がらなかった。ぽかんという表情で保科近悳を見上げている。

嘉納治五郎も同様の表情で、保科近悳を見つめていた。

惣角は、保科近悳に技をかけられたのだということをようやく悟ったのだ。どんな技かはわからない。ただ、触れられた瞬間、保科近悳の手が小さく動いたのを感じた。すると、体の中に奇妙な衝撃が生まれ、力を入れることができなくなった。

外から衝撃を与えられたという感じではない。保科近悳の手から波動が伝わってきたよう

な感じだった。

保科近悳が嘉納治五郎を見て言った。

「惣角の無礼をお許しください」

「いや……」

嘉納治五郎は、あわてて言った。「喧嘩は両成敗です……」

「この未熟者は、まんまとあなたの計略に引っ掛かってしまった……」

「あ……、いや……。計略などと……」

惣角は、ぽかんとした顔のまま言った。

「計略？　何のことだ？」

「嘉納殿は、御式内を見られないと悟ると、私とおまえを挑発しはじめた……。見せてもらえないのなら、ご自分の身で術を確かめようとなされたのだ」

「な……」

惣角は、言葉を呑《の》み込んだ。

嘉納治五郎は、さっとその場に正座すると手をついた。

「失礼な言動の数々、平にお許しください。だが、私にはこの方法しかありませんでした」

「惣角に打ちひしがれながら、なおも術を見ようとなさるあなたに心打たれましてな……。この老人も、ついに奥義をお見せすることにした次第だ」

「今の技は……？」

「会津お留め技の奥義にて、御式内と申します」

「御式内……」

「さよう……。ここにおる惣角も、まだまだこれを悟るには年月がかかりましょう」

嘉納治五郎は、しげしげと保科近悳を見つめ、さらにもう一度、手をついて頭を下げた。

「会津の奥義、しかと見せていただきました」

四

この後、東京に戻った嘉納治五郎は、柔術の師を探し歩くことになる。そして、天神真楊《てんじんしんよう》流《りゅう》の福田八之助の門を叩くのだった。その様子を、後年、こう語っている。

「わしがはじめて柔道（柔術）の先生をさがしあてた時のうれしさといったらなかったね。何しろ当時柔道なんてものは勿論なかった。維新のごたごたで世の中すっかり変わって、もうそんなものを考える者もいなかったよ。維新前までは、やわらとか体術とかと、相当、武家の間に行われていたがね（略）。柔術というもののあることを知っていたが、どこに先生がいるのか皆目わからない始末（略）」（大正十五年、東京日日新聞）

嘉納治五郎の生涯には、明らかに、保科近悳や武田惣角との運命が影を落としていた。

講道館の四天王のひとりといわれた西郷四郎は、保科近悳の養子だった。西郷の山嵐は、実は大東流の技であったという説もある。

また、昭和六年（一九三一年）、嘉納治五郎は、合気道開祖、植芝盛平《うえしばもりへい》の演武を見た。試合を重視するあまりに、力と体格にものを言わせはじめた柔道を苦々しく思っていた嘉納治五郎は、そっとこうつぶやいたという。

「これこそが、私の理想としていた柔道だ……」

植芝盛平は、武田惣角の高弟だった。この演武で、嘉納治五郎は、武田惣角の技に再会したのだ。その技に、嘉納治五郎は、率直に脱帽したのだった。

五

嘉納治五郎の治療を終えて送りだした後、保科近悳は惣角を部屋に呼んだ。

惣角は、しかられるものと、最初から頭を垂れていた。

保科近悳は呼んでおいて、しばらく何も言わない。惣角は、そっと頭を上げて保科近悳の顔を見た。惣角は驚いた。保科近悳は、怒ってはいなかった。惣角の顔をじっと悲しげに見つめているのだった。

眼が合うと、保科近悳は言った。

「惣角……。おまえ、あの嘉納治五郎のようには生きられまいな……」

「もちろんです」

惣角は、わけのわからぬまま言った。「私は、武士ですから……」

保科近悳は溜め息をついた。

「薩摩の西郷さんの話を聞いたようだな……？」

「はい」

惣角は、その瞬間に眼を輝かせた。

「私は、西郷さんの身を案じておる。西郷さんは、止むにやまれず立ち上がるだろう。そういうお方だ……」

「西郷さんが、再び武士の世を作ってくださるでしょう」

「そうはいかんのだ、惣角。そうはな……。世の流れはもう逆行しないのだ」

「では、西郷殿は……？」

「それを案じておる。この身が若ければ、駆けつけて西郷さんをお守りしようものを……」

そのとき、惣角は、保科近悳の意図を悟った。

「私が参ります。西郷殿の軍勢に加わり、きっと西郷殿をお守りいたします」

保科近悳は、惣角をひたと見つめた。そして、ふいに眼をそらすと、つぶやくように言った。

「おまえにこの家を継いでもらうことも考えたが……。どうやら無理のようだな……」

「え……？」

「惣角。生きたいように生きてみるがいい。おまえも会津という土地に収まっている人物ではなさそうだ」

惣角は、黙って保科近悳を見ていた。保科近悳は、それ以上何も言わなかった。

それから日を置かずに、惣角は旅立った。九州の西郷隆盛のもとをめざしての旅だった。

第四章

一

「参ったな……。これじゃ、何のために肥後までやってきたかわからん……」

武田惣角は、藪《やぶ》の中に身を隠し、思わずつぶやいていた。

彼の隣には、侍姿の男がいた。髷《まげ》こそ結っていないものの、彼は着物を着て袴をはいている。

それほど大柄な男ではない。いかにも機転が利きそうな眼をしている。賢そうと言えば聞こえはいいが、どこか狡猾《こうかつ》そうな感じのする男だった。

その男の名は、桑原留吉《くわばらとめきち》。自分では、貞安などと号していたが、もともと武家ではなく、農民の出だった。

惣角は、藪から戦場を眺めていた。日が暮れて、戦闘は一段落しているが、あたりはものものしい雰囲気だった。

死傷した兵士が倒れている。城のほうからは煙がたなびいていた。

惣角は、幼いころに見た会津戦争の様子を思い出していた。あの時は、祭りを見ているようだった。

やたらに血が騒いで、戦場を駆け回ったものだった。藩士たちが傷つき、あるいは死体となって倒れていることも、それほど気にはならなかった。

武士としての生きざまであり、死に方だと思っていた。

夜空に砲弾が飛び、城郭で火の手が上がり、鉄砲の音が轟《とどろ》いていた。

ここ、熊本城もまったく同じありさまだった。

惣角は、会津戦争を見物していたときと同様に血が騒ぐのを感じていた。だが、子供のときと違い、見物に来たわけではない。

熊本城で官軍と戦っている西郷隆盛の軍勢に参加するのが目的だった。

隣にいる桑原留吉とは、堺にある桃井《もものい》春蔵《しゅんぞう》の道場で知り合ったのだった。

桑原留吉は、豪農の出で、桃井道場で修行をしていた。どこで吹き込まれたか、反政府的な考えに凝り固まっており、西郷隆盛が挙兵するという噂を聞いて、その軍隊に参加するつもりでいた。

政治的に確かな思想を持っているわけではなさそうだった。彼の最大の不満は、明治政府が課した重税だった。農民は、武士階級の搾取《さくしゅ》から逃れてもなお、苦しい生活を強いられたのだ。

留吉の剣の腕は、それほどではない。だが、上昇志向は強かった。出世を望んでいるのだ。

明治政府は、学歴を重んじた。留吉に学はない。政府での出世は望めない。ならば、剣術に磨きをかけて、武術の世界で身を立てよう。そう思い、桃井道場で修行を始めたのだ。明治維新から早十年が経とうとしているが、まだ江戸時代の考え方が色濃く残っていた。

しかし、すでに、剣術で身を立てる世の中ではなくなっている。事実、かつて、千葉周作の『玄武館』、斎藤弥九郎の『練兵館』とともに江戸の三大道場と称された桃井春蔵の『士学館』も、桃井道場として堺に移り、今では、町人相手に護身の術としての剣術を教えているのだ。

道を閉ざされた思いだった留吉は、薩摩の士族が政府に対する不満を募らせ、西郷隆盛を擁して立つ準備を進めているという噂を耳にした。

もし、西郷の軍勢に参加して戦功を上げれば、その後の出世も夢ではない。

留吉は自然にそう考えるようになっていた。彼もまた、惣角と同じく、世の趨勢《すうせい》を読めずにいた。それも無理からぬことだった。あまりに世の中が急激に変わりすぎたのだ。

惣角や留吉のような若者が世の変化を実感するまでには、まだまだ時間が必要なのだった。

「おい、留吉」

惣角は、呼びかけた。

「留吉ではない。貞安だ」

「どっちでもいい」

「なんだ?」

「これからどうする？」

「どうするったってな……」

留吉は、藪の中からじっと戦場を見つめた。「ここまで来て、官軍にとっつかまるわけにゃいかない」

「まさか、役人に追っ掛け回されるはめになるとは思わなかったな……」

「官軍も薩摩軍もひどく浮足立っているように見えるな……。へたをすると、双方から追い立てられることになる」

「西郷隆盛本人に会いたい。そうすれば、何とかなる」

惣角は言った。そのどんぐり眼は、闇の中でも光って見えた。

「そうかな……」

「俺は、まんざら縁がないわけじゃない。会津の御家老が、西郷隆盛と親交を持っておる」

「もと家老だろう。西郷頼母か……。同じ西郷姓だが、親族なのか？」

「知らん。だが、箱館五稜郭の戦いの際に浅からぬ因縁があったそうだ」

「どんな？」

「御家老が五稜郭の戦いに敗れ西軍に下ったとき、西郷隆盛は御家老の罪を減じて幽閉するにとどめた。その後、幽閉されている御家老のもとに金品を贈ったそうだ。そのときに、御家老のご子息が西郷隆盛に預けられたとも聞く」

「なるほど……。だが……」

留吉は、戦場を見つめて言った。「ここにこうしていたんじゃどうしようもないな……」

「とにかく、西郷軍の本陣に近づこう」

「西郷軍は、俺たちのことを政府の密偵だと思うだろう。政府は、西郷隆盛暗殺のために何度も密偵を送った。それが、この戦いの火蓋《ひぶた》を切る口実となったのだ。官軍は、俺たちのことを西郷軍の者だと思うだろう」

留吉は、溜め息をついた。「どちらにしろ、無事でいられるとは思えないな……。何でこんなことになっちまったんだ」

「はなから承知だ」

惣角は、あくまで強気だった。「つかまりそうになったら、蹴散らせばいい」

「無茶言うなよ……」

「とにかく、こんな所に隠れていたってどうしようもない。行くぞ」

惣角は勢いよく藪の中から飛び出した。

「あ、待てよ、惣角……」

留吉は、あわてて惣角の後を追った。

二

都々古別神社の神官をしている保科近悳のもとから旅立った惣角は、まず、東京の榊原鍵吉の道場に立ち寄り、九州を目指している旨を告げた。

九州の地で武者修行をしたいと言ったのだ。師、榊原鍵吉は、すぐに惣角の真意を読み取ったようだった。

旅立つ惣角に、榊原鍵吉は、桃井春蔵への紹介状を持たせた。鏡新明智流《きょうしんめいちりゅう》の四代目宗家桃井春蔵直正は、このとき五十歳だった。

榊原鍵吉と桃井春蔵は、鳥羽伏見の戦いで、共に幕府の遊撃隊長として、大坂城にいた将軍慶喜の警護に当たった。

桃井春蔵は、尊皇の志が厚く、幕府軍が朝敵になったことを知ると大坂城を抜け出し、そのまま堺に住みついた。そこで剣術の道場を開いたのだった。

堺は商人の町だ。桃井春蔵は、商人ら町人相手に剣術を指南した。そのことにまったく抵抗はないようだった。

鏡新明智流の『士学館』は、もともとちょっと変わった道場だった。

初代宗家の桃井八郎左衛門直由は、養子の春蔵直一とともに日本橋茅場町でささやかな道場を開いた。その際に、次のような文句を掲げた。

「多年修練の功をもって、いまだ人に勝つことを知らずといえども、人に負けざることを悟り得たり。貧にして稽古をなし難き者、器用なくして修行をなし得ざる者らを、ことごとく教え導かん」

謙遜《けんそん》としても、妙な掲額だ。

これが江戸の評判となって、入門者が押しかけた。そうなると、他流試合を申し込んでくる者も出始める。

開祖直由は、仮病を使って決して立ち合わず、師範代である養子直一は、立ち合ってもしばしば負けたという。

人々は、『士学館』のことをおおいに笑ったが、不思議なことに稽古場は繁盛した。

この時代から『士学館』では、町人階層にも広く剣術を教えていた。どうやら、桃井八郎左衛門直由は、勝負や強さということよりも剣術の普及に主眼を置いていたようだ。

二代目桃井春蔵直一のころに、弟子が増えたため、道場を南八丁堀あさり河岸に移した。

三代目桃井春蔵直雄のとき、弟子の取り合いで、神道無念流、斎藤弥九郎の『練兵館』と争いになった。千葉周作の立ち会いで、双方の道場から代表を選び、試合を行ったが、桃井道場は惨敗する。

それでも、弟子が減らなかったという。

四代目の桃井春蔵直正は、容姿が美しく書や文芸に秀でていた。その上段の剣は、気品にあふれていると評判になった。

世間では「技は千葉、刀は斎藤、位は桃井」と言われた。桃井の『士学館』は一風変わった道場だったわけだ。

ちなみに、『士学館』では、土佐藩士が多く学んでいる。土佐藩邸があさり河岸の近くの鍛冶《かじ》橋門内にあったためで、土佐勤皇党の武市半平太や、人斬り以蔵と異名をとった岡田以蔵も門弟だった。

惣角は、途中数カ所の道場を回った後に、榊原鍵吉の手紙を携えて桃井道場に現れた。明治九年（一八七六年）十一月初旬のことだ。

惣角の技の力強さと正確さ、身のこなしの俊敏さは、桃井春蔵を驚かせた。春蔵が直接稽古をつけたが、しまいには五本のうち三本は惣角が取るようになった。

「どうだ？　道場に腰を落ち着ける気はないか？」

桃井春蔵は、ことあるごとに惣角にそう言った。

実は、榊原鍵吉は、手紙の中で、惣角の西郷軍参加を止めてくれるよう桃井春蔵に頼んでいたのだった。惣角は字が読めないが、ふたりの態度からそれを察していた。

もちろん、惣角には桃井道場にとどまるつもりなどない。ひたすら、西郷軍参加だけを願い、稽古を続けた。

明治十年（一八七七年）二月。ついに、西郷隆盛が挙兵した。西南戦争の始まりだ。これに先立つ一月、政府は、鹿児島草牟《そうむ》田《た》陸軍火薬局の火薬が反政府的な士族たちの手に渡るのを恐れ、県庁にも連絡せずに密かに搬出した。

鹿児島の士族たちの一部が、これに対し陸軍火薬局や磯海軍造船所付属火薬庫を襲って弾薬を奪った。

この動きがきっかけとなった。

政府の密偵派遣に怒りを募らせていた九州士族たちは、ついに爆発した。西郷隆盛もすでにこの勢いを抑えきれなくなっていた。

そして、二月十五日、一万三千人の鹿児島士族は、政府の密偵による西郷隆盛暗殺計画を理由に武装蜂起《ほうき》したのだ。

九州各地の反政府士族も呼応し、民権派の平川惟一や宮崎八郎、増田宋太郎らも同志とともに参加した。

西郷挙兵の噂が関西まで届いた。

惣角は、矢も楯《たて》もたまらず桃井道場を発った。同じく西郷軍参加を希望する桑原留吉が同行することになった。

西郷の陣地に駆けつければ、話はとんとん拍子に進むだろうと、高をくくっていた。

しかし、二月二十二日から始まった熊本城を巡る攻防は激しく、同時に政府の警戒は厳重だった。

惣角は、なかなか戦場に近づけなかった。あるときは役人に追い払われ、あるときは、捕まって連行されそうになった。

今、西郷軍は、熊本城の包囲戦に入っていた。戦火は激しさを増しつつあった。

惣角と留吉は、役人や見張りの兵の眼を盗んで、なんとか戦場のそばまでやってきた。林の中を移動し、藪に身を隠した。

そうして、西郷軍の陣営にあと一歩というところで身動きが取れなくなっていたのだ。走りだした惣角は、すぐに誰何《すいか》する声を聞いた。

留吉は、案の定だと思い、舌打ちをしていた。

暗闇の中に戦支度をした男の影が浮かび上がった。惣角に声をかけたのはその男だった。

官軍ではない。

惣角は言った。

「西郷軍の方か？」

「そうだ。おはんは、何者じゃ？」

「会津藩士、武田惣角。西郷隆盛殿の軍に加えていただきたく参上した」

「会津……。そう言えば、会津訛《なま》りがあるようだな……」

相手には薩摩訛りがある。惣角にはその言葉がわかりにくかった。

「俺はいささか腕には自信がある。敵を百人、いや千人でも斬り殺してみせる」

「たのもしか言葉じゃっどん、まだ子供んごつあるな」

「何だ……？」

「まだ小僧だと言っておるのだ」

「その小僧がどれくらいの腕か試してみるといい」

惣角が言った。

そのとたんに、惣角は包囲された。目の前の男を入れると五人いる。皆、剣を抜いていた。

五人のうち、三人は、剣を右肩に立てて構えている。八双のようだが、それより窮屈な構えに見えた。

「薩摩示現流のトンボ、試してみるか小僧……」

目の前の男が言った。

妙な成り行きになった。

惣角は、あくまで西郷軍に参加するつもりでやってきたのだ。ここで、この連中と争うのははばかげている。

しかし、その瞬間、そんな理屈は惣角には通用しなかった。武装した男に囲まれている。そのことが重要なのだ。

そして、初めて見る示現流に興味が湧いた。血が熱くなっていた。惣角は、親指で鼻の頭を弾いた。こうなっては、誰も惣角を止められない。

留吉は、そばでおろおろしながら、成り行きを見守っている。惣角は留吉に言った。

「俺のそばを離れるな。手助けは無用だ。ただ、邪魔だけはするな」

「惣角、やめろ。ここで争って何になる」

だが、その言葉は無駄だった。

目の前の男が言った。

「やはり、政府の密偵か……。こんな小僧を密偵に使うとはな……」

惣角の右斜め後ろにいる男が、奇妙な声を発しはじめていた。

「チィ、チィ、チィ……」

その男はトンボに構えている。

惣角は、振り向かず、そちらに神経を集中していた。

「チェストーッ」

その男がいきなりそう叫ぶと、右肩の上に立てていた刀を一気に振り降ろしてきた。

惣角は、振り向きざま、そちらに踏み出した。まったく躊躇がなかった。

踏み出しながら腰の刀を鞘《さや》ごと抜いていた。そのまましたたかに抜き胴を見舞う。

一昔前の戦のように鎧《よろい》を着けているわけではない。肋《あばら》が砕ける手応えがあった。

その男はたまらず崩れ落ちた。地面で苦しげにもがいている。

すぐに次の男が斬りかかってくる。惣角は、振り降ろす相手の剣を巻き込むようにして払い、脳天に鞘ごとの剣を振り降ろした。

相手は一撃で昏倒《こんとう》した。倒れた相手の頭からじわりと血が流れだすのが、夜目にもわかった。

残った三人は、一瞬躊躇した。

すでに包囲が崩れている。

惣角は叫んだ。

「走れ！」

留吉は、弾かれたように駆けだした。

それをひとりが追おうとした。惣角は、初めて刀を抜き払った。

留吉を追って走りだした男の足元に鞘を投げつける。男は、見事に足を取られて転んだ。

惣角は、たちまち転んだ男に迫り、剣を振りかぶった。

「ひい……」

男が頭を抱えてうずくまった。

惣角は、男の足元に転がっていた鞘を拾い上げ、留吉を追って走りだした。

「待て……」

残ったふたりが追ってきた。

しかし、そのときには、ふたりは藪を越え、林の中に逃げ込んでいた。

あたりがひとしきりざわとした。惣角たちを政府の密偵と思い込んだ西郷軍の連中があたりを捜索しはじめたのだ。

しかし、それも長くは続かなかった。

惣角は、林の中の草むらに身を伏せじっと息を凝らしていた。

「あきらめたようだな……」

隣にいた留吉が言った。

「しっ……」

惣角は、警戒を解かなかった。ようやく惣角が声を発したのは、それからたっぷり三十分もたってからだった。

「どうやら、だいじょうぶなようだ」

「ばかだな、おまえ……」

留吉がまた舌打ちした。

「おまえが強いのはよくわかってるよ。だが、あいつらを打ちのめしてどうする。あの連中は敵ではない。西郷軍なんだ」

「何がだ？」

「取り囲まれた。連中は本気だった。あのまま黙っていたら斬り殺されていたぞ」

「おとなしく連行されれば、西郷隆盛に会えたかもしれない」

「甘いな。連中は俺たちのことを政府の密偵だと思っていたのだ。さんざんなぶられて殺されるのがおちだ」

「だからって、敵に回すことはないだろう。何とかわかってもらうよう、話をする手だってあった……」

「やつらは聞く耳を持たなかったさ。殺気立っていたからな。戦の最中なんだ。それにな……」

「何だ？」

「やつら、示現流を名乗った。流派を名乗ったからには、これは他流試合なのだ」

「あきれたやつだよ……付き合いきれん……」

「ならば、ここで別れるか？」

「冗談じゃない。こんなところにひとりで放り出されてたまるか」

「だったら、もう何も言うな」

「わかったよ。だが、これからどうする？　わしらは、完全に政府の密偵と思われちまったぞ」

「下っぱじゃ埒《らち》が明かん。こうなれば、大将に直接会うしかない」

「西郷隆盛にか……」

「そうだ」

「どうやって？」

「さあて……。これから考えるさ」

三

惣角は、西郷軍の本陣と目星をつけた丘に近づこうとしていた。

林の中の暗闇を少しずつ移動する。戦いにおいては大胆だったが、こういうときの惣角はいたって慎重だった。

木立から木立へ移動しては、あたりをうかがい、また、次の木立へと向かう。決して急がなかった。

留吉は、ただ惣角に従うだけだった。

（驚いたな……）

留吉は思っていた。（この惣角というこわっぱ、どこでこんな兵法を学んだんだ）

惣角の身のこなしや、警戒のしかたは間違いなく本物の兵法者のものだった。

留吉は、道場で剣術を学んでいるに過ぎない。農家の出なので、もともと武士の心得など身についていない。書物で読んだり、道場仲間から話で聞いた程度のものだ。

だが、惣角は、幼いころから武士の中で育ったのだ。

（さきほど、取り囲まれたときも、惣角は迷わず戦った。ああいうとき、どうすればいいかがわかっているのだ。わしは、とても真似はできないな……。わしひとりだったら、惣角の言うとおり、あっという間に斬り殺されていたかもしれない……）

惣角は、強くなることだけを考えている。それは、常に戦うことを考えているということだ。

そうした心構えでいると、自然に行動は兵法に合致したものになってくる。留吉との差が生じる理由はそこにもあった。

留吉は、それを悟りはじめた。

やがて、惣角がぴたりと身動きを止めた。留吉は、思わず尋ねていた。

「どうした？」

惣角は、片手を上げてそれを制した。じっと静止したまま、一点を見つめている。

まるで、獲物を見つけた獣のようだと留吉は思った。たしかに、惣角は、野生の獣のような感覚を持っているように見えた。

やがて、惣角が囁《ささや》くように言った。

「誰かいる……」

留吉は、惣角が見ている方向をそっとうかがった。

たしかに、誰かが立っている。見張りの兵かと思った。だが、どうやらそうではないらしい。

林が開けた丘の斜面の上に立ち、戦場を見下ろしている。林の中の暗闇に慣れている留吉の眼には、その男の服装が見て取れた。黒っぽい軍服を着ているようだ。

背はそれほど高くはないが、恰幅《かっぷく》がいい。男は、じっと戦場を見たまま動こうとしない。その姿が妙に悲しげに見えた。

「何者だろう……」

留吉は、小声で言った。「一兵卒には見えないがな……」

惣角はこたえない。惣角も、その男を見つめたまま動こうとしない。

突然、その男が言った。

「そこのネズミ……」

男は、斜面の上から下を眺めたままだった。惣角たちのほうを向いたわけではない。

惣角は、身を固くしてじっとしていた。

「こそこそ隠れていないで出てきたらどうだ？」

男は、ゆっくりと惣角たちのほうを向いた。

大きな眼が闇の中でも光って見えた。

惣角は、身を起こし、林の中から歩み出た。

「お、おい……」

留吉は、惣角を止めようとしたが遅かった。すでに、惣角は、男の前に姿をさらしていた。

しかたなく留吉も出ていった。

恰幅のいい男は、言った。

「おいば、殺しにきおったとか……」

留吉が茫然として言った。

「……すると、あなたは……」

「逃げも隠れもせん。おいが西郷隆盛でごわんど……」

惣角が言った。

「俺は、政府の密偵ではない」

「ならば、なんでこんなところに隠れておった?」

「軍勢に加えてもらおうと思ってやってきたが、誰も話を聞こうとしなかった。政府の役人に追われ、双方の軍の兵に追われ、こうしてここまでやってきた」

「軍に加わりたい?」

「そうだ。俺は、会津の武田惣角」

留吉もあわてて言った。

「同じく、播州の桑原貞安」

「ほう……。会津から……」

西郷隆盛は、惣角たちに近づいてきた。

すると、さきほどまでの悲しげな雰囲気が一変した。一種独特の迫力を感じて惣角はたじろいだ。

威圧的な態度を取っているわけではない。だが、山のようにゆるがない力を感じさせた。

(生まれついての将の器だ……)

惣角は思った。

政府に不満を持つ士族たちが頼りにするのももっともだった。その大きな眼に見つめられるだけで、自分が小物に思えてしまう。

惣角はこんな人物に初めて会ったと感じた。これまで、剣術の偉い先生といわれる連中に何人も会ったが、これほどの迫力を感じさせる者はいなかった。

西郷隆盛は言った。

「会津から来たのなら、保科近悳殿ば知っておるか?」

「もちろん知っている。俺の父は、かつて御家老の班で砲手をやっていた」

「ほう……」

「俺は、都々古別神社におられる御家老のもとで神官見習いをやっていた」

「そうか。武田惣角と言ったか?」

「そうだ」

「いくつになる」

「十六だ」

「初陣には手頃な年齢だと思うが……」

「腕に覚えがあると見えるな……」

「渋谷東馬先生に小野派一刀流を学び、ついで榊原鍵吉先生に直心影流を学んだ。幼いころより、武田家に伝わる体術も学んでいる。会津のお留め技も学んだ。今も武者修行中だ」

「武者修行中か……。それで、そっちは……?」

西郷隆盛は、留吉のほうを見て言った。留吉は妙にしどろもどろになった。

「わ、私も、桃井春蔵先生のもとで修行をしている者です」

「それで、この戦いに加わってどうしようというのだ?」

「侍は、合戦が仕事だ」

惣角は言った。「合戦があれば、どこへでも馳せ参ずる」

「だが、もう侍の世ではないぞ」

「あなたがもう一度侍の世にしてくれると信じてやってきた」

「なんと……。戊辰戦争のときの、おいの立場を知らんと見えるな……」

西郷は笑った。

惣角には何のことかわからなかった。

「明治政府に不満を持つ士族が、あなたを立てて決起した。改めて侍がどういうものか、政府の連中にわからせてやるべきだ」

「わいどんたちゃ（おまえたちは）若い。新しい世の中で新しい生き方を見つけなければならん」

「俺は武士としてしか生きられない」

「わが軍に加えることはできんな……」

「どうしてだ？」

「わいどんたちにゃ（おまえたちには）未来があるからだ」

「どういうことだ？」

「この戦争は負け戦だ」

「な……」

「勝てる道理がないのだ」

「そんなばかな……。政府の軍隊は、町人、農民の集まりだと聞く。そんな軍隊に武士の軍勢が負けるはずはない」

「新しいものと古いものの戦い……。この戦争は始めるべきではなかった。だが、おいに戦争を止めるだけの力がもう残っていなかった……」

「大将が負け戦と決めてどうする」

「たしかに政府は腐っちょる。今のままではいかん。士族たちの気持ちはよくわかる。この戦いはな……」

西郷隆盛は、溜め息をついた。「民衆の怒りを政府にぶつける戦いだ。それは尊いことかもしれん。だが、それだけのことだ」

「情けない」

惣角は言った。「総大将がそれでは勝てる戦も勝てない」

西郷隆盛は、あくまでも静かな口調で言った。

「情けないのは、わいどんたちじゃっど」

その口調があまりに切実なので、惣角は、思わず言葉を呑み込んだ。

西郷隆盛は、じっと惣角を見据えている。やがて惣角は言った。

「俺たちが情けない……？」

「新しい世の中を作るのは、わいどんたち若い者だ。じゃっどん、おまえは、古いものにしがみつこうとしている。それが情けなか」

「武田家は武士の家柄だ。俺は、生まれたときから武士になることだけを考えてきた。武士の中の武士になることを……。俺は誰よりも強くなりたい」

「武士の世は終わった」

「だが、俺に他の生き方はできない」

「保科近悳殿が、おまえに武士になれと言ったか？」

惣角は言葉を呑んだ。

「どうだ？」

「父は俺に神官になれと言った。御家老もそれがよかろうと言った」

「それが世の流れだ」

「俺は学問などに興味はない。これまでひたすら武術の腕を磨いてきた。それが役に立たないというのなら、俺は生きていてもしかたがない」

西郷隆盛は、再び悲しげに溜め息をついた。

「吉田長常という示現流の使い手がいた」

「示現流の……？」

「トンボから一気に斬り降ろすその太刀の威力は無敵だった。毎日、木立に向かい千本もの打ち込みをやって鍛えておった。どんな剣術使いも実戦になれば、この吉田長常にかなう者はいないだろうと仲間内で評判だった。その吉田が、昨日の砲撃であっけなく死んだ。ひとりの敵も斬ることなくな……」

「な……」

「政府軍は、町人と農民の集まりでしかないと、おまえは言った。だが、その町人と農民が訓練されてわれわれを苦しめている。ひとりの才覚で戦うのではない。命令に従って自分の役割だけを果たす。ひとりひとりが歯車となって大きな機械を動かすように、軍隊が動く。それが新しい戦争だ」

「時代後れというのなら……。今の世に役に立たぬというのなら、俺も、この戦争で死ぬ」

「ばかたれが！」

西郷隆盛の苛立ちが爆発したようだった。見ていた留吉は恐ろしくなった。西郷にはそれくらいの迫力があった。

惣角はじっと無言で西郷隆盛を見つめていた。

「おまえは強くなりたいと言ったばかりではないか。ならば、強くなれ。新しい世の中で強くなれ」

「新しい世の中で強くなる？　それはどういう意味なのだ？」

「おいにも、わからん。おまえが自分でそれを考えるのだ。これからは侍の世ではない。だが、侍の気骨、侍の魂までが無用になるわけではないと、おいは信じている」

「わからん。侍として生きられないのなら、侍の魂が何の役に立つ。戦をしてこその武士だ。俺は、戦うために技を磨き、力を蓄えたのだ」

「だが、おまえはどうせ、この戦争でわが軍にはつけまい……」

西郷隆盛は言った。

「なぜだ？」

「政府軍に、佐川官兵衛という会津藩士がおる。おまえは同藩の人間と戦えるのか？」

惣角は驚き、言葉を返せなかった。

混乱した頭で、何かを言わねばならないと必死に考えていると、突然、腹に響く音が聞こえた。

続いて地面が揺れた。

「政府軍の砲撃がまた始まった」

西郷隆盛は言った。

そのとき、数人の人間が駆けてくるのがわかった。誰かの声が聞こえた。

「西郷さん。こんなところにおられましたか」

「おう。風に当たりたかった。今戻る」

西郷は、声のしたほうに返事をすると、惣角たちに言った。「さ、行け。無駄死にはするな」

惣角は動こうとしなかった。その袖を留吉が引っ張った。

「行こうぜ、惣角。大砲の弾で死にたくはない。わしは行くぞ」

惣角は、どうしていいかわからず立ち尽くしていた。だが、やがて、彼は意を決したように西郷隆盛に深々と一礼をした。

西郷隆盛はうなずいた。

「わが軍に参加してくれるというその気持ち、ありがたくいただいておくぞ」

すでに留吉は、丘を下ろうとしていた。惣角は、さっと踵《きびす》を返して留吉とともに丘を駆け降りた。

砲撃が始まり、あたりは混乱した。その混乱に乗じて惣角と留吉は逃げた。

大砲の大音響は、あたりの空気を震わし、着弾が大地を揺るがした。留吉は、すっかり怯えきっている。遠くで戦場を眺めているのとはわけが違う。今、彼らは戦場の真っ只中にいるのだ。

惣角も肝を冷やしていた。実際の戦争の迫力を胸に刻みながら、惣角はひたすら戦場を駆け抜けた。

四

「生きていてよかったな」

熊本の城下町を抜けたところで、留吉がしみじみと言った。

「あそこで死んでもよかったさ」

惣角は腹立たしげに言った。

「どうせ、西郷軍には入れてもらえなかったんだ……。俺が諦めたのは、西郷隆盛が気をつかって一計を案じてくれたからだ」

「何のことだ？」

「政府軍に同じ会津の藩士がいると言った。俺に逃げ道を作ってくれたんだ」

「なるほど。それが侍のやり方か……」

留吉は言った。「やれやれ、わしにはついていけそうもない。ようやくわかったよ。おまえは生まれついての武士だが、わしはそうではない」

「そうか」

「わしは、堺に帰る。それからのことは、帰ってから考えるが、おまえはどうする？」

「そうさな……」

惣角は、熊本城の方角に眼をやって言った。「ここで別れよう」

留吉はただうなずいただけだった。


それから約一カ月半後、四月十五日に、熊本城において、政府軍は西郷軍の包囲を排除した。政府軍は攻勢に転じ、六月一日、人吉、七月二十四日、都城《みやこのじょう》、同三十一日、宮崎、佐土原を攻略した。

そしてついに、九月二十四日、西郷軍最後の拠点である鹿児島城山《しろやま》が陥落した。西郷隆盛以下、桐野利秋、村田新八、池上四郎、辺見十郎太、別府晋介らの諸将は、戦死あるいは自刃した。

最大で最後の士族反乱だった西南戦争は終わった。

明治政府は、この反乱に勝利することでますます権力の基礎を強固にしていった。また、この戦争で、近代的な装備と編制を持ち、徴兵制によって組織された軍隊が、士族の軍勢にまさっていることが証明されたのだった。

西南戦争の後、反政府運動の主流は、武力ではなく組織と言論で民衆に働きかける自由民権運動へと移っていった。

さらに、巨額の戦費支出はインフレーションを引き起こし、庶民を苦しめたが、一方で日本資本主義の原始的蓄積を推し進める結果になった。軍事輸送で莫大な利益を得た三菱会社は、政府とのつながりを深め、後に財閥となる礎《いしずえ》を築いた。

西南戦争の間、惣角は、目的もなくあちらこちらを放浪していた。

戦争の終結を知ると、彼は長崎にやってきていた。武者修行をしようにも、このころ、すっかり剣術の道場がすたれ、修行の場もない。

政府が廃刀令により武器の使用・所持を厳しく取り締まったせいもあり、剣術の道場は立ち行かなくなったのだ。

かつて、『土百姓兵』とばかにされた徴兵制による軍隊が、西南戦争で勝利したことの影響も大きかった。

惣角自身、武者修行への意欲を失いかけていた。

彼は西郷隆盛の言葉を忘れてはいなかった。

「新しい世の中で強くなれ」

だが、それがたまらなくむなしいような気がするのだった。

武者修行する道場も見つからず、仕事も見つからない。惣角は、半ばやけになって街角で見つけた軽業《かるわざ》の一座に入った。

そこで、惣角は、数々の軽業を身につけた。もともと剣術修行や体術によって体を練っていたので、たちまちのうちに上達した。

(俺が必死で身につけたものは、せいぜい軽業にしか役に立たないのか)

惣角はそんな思いで毎日をだらだらと過ごしていた。

それまで一日として怠ったことのない木刀の素振りも滞りがちになった。剣など持つ気もしない。

軽業の一座は、九州各地を転々とした。惣角は、一座とともに移動した。飛んだり跳ねたりしていれば、飯にありつける。

それだけの思いで暮らしていたのだ。

当時、食い詰めた武士などが同じような一座で剣の技を披露《ひろう》することも珍しくなかった。

惣角は、そうした光景をたまに眼にすることがあった。

未熟な技で嘲笑《ちょうしょう》を買う者もあった。一種の道化だった。

なかなかの腕前の剣術家が、生真面目な顔つきで技を披露するのに、見物客は、それがおかしいといってはやし立てる。そうした光景は、未熟者の道化よりいっそうみじめだった。

しかし、惣角は、そういう光景を見ても何とも思わなくなっていた。

武士の誇りを捨てたのは、自分も同じことだからだ。

そういう見世物に出会うたびに、惣角は、皮肉めいた笑みを浮かべるようになった。

やがて、惣角のいる一座は、熊本城下にやってきた。西郷隆盛との思い出の地だ。しかし、惣角には何の感慨もなかった。ただ、観客の前で軽業を披露し、仕事が終わると飯を食らってごろごろするだけだ。

「おい、小僧」

いつものように筵《むしろ》でごろ寝している惣角に一座の男が声を掛けた。三十がらみの男で、座長の下に付き、一座を仕切っているやくざ者のような男だ。

「何だ」

惣角は、何をするにも面倒で、その男のほうも見ずに返事をした。

「おめえ、侍だろう？」

「この世に侍なんて、もういない」

「武芸の心得があるだろうと言ってるんだよ」

「それがどうした」

「二辻ほど先に、別の一座が看板を出している」

「別に珍しいことじゃないな……」

「その一座が、ここより客を集めているんだよ」

「それも、別に珍しいことじゃない」

「てめえ……。ちゃんと、起きて話を聞けよ」

「面倒だ」

「いいか。その一座では、ちょっとした武芸が受けてるんだ。座長はな、客を呼ぶために、こっちも同じような出し物を考えたわけだ」

「ほう……」

「ほう、じゃない。おめえがやるんだよ。剣術でもいい。居合か何かできねえのか？」

「真剣を出し物に使っては、役人がうるさかろう」

「芝居で使う竹光でも用意してやるよ」

「そんなもので何ができる」

「恰好《かっこう》だけでいいんだ。糊で張り合わせた茶碗でも真っ二つにしてみせりゃいいんだよ」

「まっぴらだな」

「そんなことが言えるご身分かよ。さあ、起きて座長のところへ行くんだよ」

「二辻向こうで興行を打っている一座だが……」

「あん……？」

「そいつらも竹光を使っているのか？」

「刀なんぞ使っちゃいねえさ」

「武芸を見せていると言ったじゃないか」

「素手でやるんだよ」

「素手で……？」

「琉球手《りゅうきゅうて》というやつだよ」

「琉球手……？」

「何でも、素手で武器を持ったやつを相手にして、見事やっつけるらしい。それが客に受けるんだ」

「じゃあ、俺が剣を振って見せたところで客は喜ぶまい。みんな、剣にうんざりしてるんだよ」

「いいから、座長のところに顔を出せ。いいな」

男は、去って行った。

惣角は、横になったまま、ふとつぶやいた。

「琉球手か……」

二辻先で興行を打っているのは、小さな一座だった。だが、確かに客を集めている。

惣角は、客に混じってその興行を見た。支那人に扮して皿を回す者、トンボを切ったり樽《たる》乗《の》りをしたりの軽業を見せる者。惣角のいる一座とあまり変わりはない。

やがて、ものものしい口上に導かれ、それほど背の高くない色の浅黒い男が現れた。眼が油断のない光りかたをしている。

以前の惣角なら、その眼の光に反応したに違いない。今は、かすかに皮肉な笑みを浮かべるだけだった。

その男は、琉球の衣装を纏《まと》っていた。

男の前に瓦《かわら》が積まれる。口上を述べる者がその瓦を一枚ずつ数えていく。十枚あった。

さらに、脇にある木の枝から縄でくった瓦をぶら下げた。

(いったい、何をするつもりやら……。屋根でも葺《ふ》いて見せるのか……)

惣角は、かすかな笑みを浮かべたままなりゆきを見守っていた。

枝からつるした瓦は、琉球の衣装を着た男のはるか頭上にある。

男は、両足を広げ、その足先を内側に向けた。両肘を曲げ、手の甲を下にして拳を握ると、口を大きくあけて喉の奥から息を吐き出した。

その息を吐ききると、いきなり右手を振り上げた。

高々と掲げられた手刀が、積まれた十枚の瓦に振り降ろされる。

一瞬の出来事だった。すべての瓦が真っ二つになっていた。

瓦が崩れ去って、ややあってから、客はどよめき、喝采《かっさい》した。

それだけでは終わらなかった。男は、その場で地面を蹴った。

軽々と飛び上がると、はるか頭上にあった瓦を踏み切った足で蹴った。

瓦はこなごなに砕けた。

男は、音もなく地面に着地した。涼しげな顔をしている。

客は、再び喚声を上げた。

拍手の中、惣角は茫然としていた。

瓦が砕け散ったとたん、彼の頭の中で何かが弾けた。

(なんという破壊力……。あれが素手の威力だというのか……)

男の技は威力だけではなかった。木刀を持った侍姿の男が現れ、琉球服の男と向かい合った。

「キエーイ！」

侍姿の男は、木刀で素手の男に打ち込んだ。なかなか鋭い打ち込みだった。手を抜いているわけではなさそうだった。

だが、その木刀はことごとく空を切った。琉球服の男は、右へ左へと体をさばいていく。

侍姿の男は、横に払った木刀を持ち直し、頭上に振りかぶって打ち降ろした。

その瞬間に、琉球服の男は、左腕を頭上に掲げた。その前腕の外側が、木刀を握っている指のあたりに叩きつけられる。

侍姿の男は一瞬ひるんだ。

琉球服の男は、右拳を侍姿の男の腹にたたき込んだ。さらに、軽々と飛び上がり、相手の顎を蹴って見せた。

侍は、ひっくり返った。

本気で打ったり蹴ったりしていないのは、惣角の眼には明らかだ。だが、琉球服の男の身のこなしは驚愕《きょうがく》に値した。侍姿の男は、本気で打ち込んでいたのだ。

男の出し物は終わったが、惣角はその場から動けずにいた。初めて見た琉球手の技にたちまち魅せられていた。

惣角はこれまでも徒手空拳の武術は数多く見てきた。彼自身、会津藩に伝わる体術を身につけている。だが、それらはあくまで剣を補助するものと考えていた。

だが、琉球服の男の技は違っていた。徒手空拳の威力を突き詰めたものだった。

長い間眠っていたものが、惣角の中で目覚めた。

同時に、西郷隆盛に与えられた公案のこたえを垣間《かいま》見たような気がした。帯刀せぬ人々の武術。徒手空拳でも、武器を持った者と対等に渡り合える武術。

それが、新しい世の中の武術のような気がした。

かつて、惣角は故郷の山で山賊を相手に素手で戦ったことがある。そのときは、ただ己《おのれ》の腕を誇示したいという気持ちが強かった。だが、今は違った。

惣角は、琉球手に刀のない世の中の武術のひとつの理想形を見たのだ。彼が茫然としているのは、驚きのせいではない。感動しているのだった。

感動すると同時に、彼の中で馴染みの感情がよみがえっていた。

惣角は、武術への意欲を取り戻した。それは、はっきりとした願望を伴っていた。

琉球手の男の姿が眼に焼きついている。

(彼と戦ってみたい)

惣角は、そう思わずにはいられなかった。琉球手との戦いが、新たな彼の出発になりそうな気がしていた。

第五章

一

惣角は、見世物がはねるとさっそく、その一座を訪ねた。

当時の軽業一座は、食い詰めた武士やごろつきのような連中が仕切っているのがほとんどだった。この一座もそうだった。

一目見てやくざ者とわかる男が惣角を睨んだ。

「小僧、何の用だ?」

惣角は、まったく気後れしなかった。武士がやくざ者を恐れるいわれはない。彼はそう思っていた。やくざ者は、暴力を売り物にし、武士は武術を生業《なりわい》としている。どちらも腕っぷしが勝負なのだが、武士は斬り合いの専門家だという自覚が惣角にはあった。

「琉球手の使い手に会いたい」

「琉球手の……? 何の用だ?」

「勝負がしたい」

「勝負だと」

やくざ者は、惣角を頭のてっぺんから爪先まで値踏みするように見つめた。それからふんと鼻で笑った。「帰れよ、小僧。もう少しでかくなってから出直しな」

やくざ者は、小柄な惣角を嘲笑《あざわら》っているのだ。たしかに惣角は、五尺そこそこの小柄な少年だった。

だが、物心ついたときから剣術に明け暮れた彼の体には、鞭のようにしなやかな筋肉がまんべんなく張り付いており、その眼差しも尋常ではなく鋭かった。

やくざ者にはそれが見抜けないのだ。

惣角は、言った。

「取り次いでくれないのなら、勝手に会いにいくが……」

惣角は挑戦的に言った。

彼は、まだ十七歳で血気にあふれ、なおかつ生まれつき短気な性分だった。

「小僧……」

やくざ者の表情がとたんに剣呑《けんのん》なものになった。「怪我をしないうちに消えな……」

「怪我をするのは、どっちかな？」

やくざ者は、無言でふらりと立ち上がった。その全身の雰囲気は、喧嘩慣れしていることを物語っていた。

これから戦いが始まるという瞬間に、充分に肩の力が抜けている。威勢のよさが影をひそめていた。

喧嘩が始まったとたんに、醒《さ》めたような表情になっている。こういう相手は手ごわい。惣角はそれを充分に知っていた。

やくざ者は、気負いのない態度で近づいてきた。何かを話しかけるような様子だ。だが、次の瞬間、肩口に引いた拳を惣角の顔面めがけて飛ばしてきた。

自信にあふれた一撃だった。

最初の一撃が決まればあとは簡単だ。相手が反撃する気を起こすまえに畳みかける。ぐうの音も出ないほど徹底的に叩きのめす。それがやくざの喧嘩だ。

だが、その最初の一撃が空を切った。

拳は惣角の顔の中をすり抜けてしまったように見えたはずだ。

次の瞬間、やくざ者は肩口をしたたか打たれ、地面に転がっていた。

惣角は、ぎりぎりで拳をかわしたのだった。そうすると、とたんに自分は有利な位置に立てる。武道の鉄則だった。

相手の攻撃はなるべく引きつけてからかわす。そうすることによって反撃が容易になるのだ。距離の見切りというのはそういうことだ。

やくざ者は、何をされたのかわからないようだった。偶然にそうなったくらいにしか感じていないらしい。

「野郎！」

彼は、跳ね起きて、再び、惣角に殴りかかった。

惣角は、相手が出てくる瞬間に、入り身になり、顎を突き上げた。

これも剣術で鍛えに鍛えた体さばきだ。やくざ者は、またしてもひっくりかえった。

地面に尻餅をついて目を瞬《しばた》いている。

頭を振って自分を奮い立たせるように罵声を上げると、やくざ者はまた立ち上がった。惣角に再び飛び掛かろうとしたその瞬間、戸口に掛けられた莚《むしろ》の向こうから声がした。

「よしなさい」

それは静かだが厳しい声だった。

やくざ者は、動きを止めた。

惣角は、やくざ者を牽制しながら、その声のほうを向いた。

琉球の服を着た男が立っていた。琉球手の使い手だった。

やくざ者は、収まりがつかない様子だった。

「引っ込んでいてくれ」

やくざ者が言った。「こいつはただじゃ帰せねえ……」

「およしなさい」

琉球手の男が再び言った。「あなたのかなう相手じゃない」

やくざ者は、むっとした顔で琉球手の男を見た。琉球手の男は、あくまでも穏やかな表情でやくざ者を見返した。

やくざ者は、戦意を削《そ》がれたように眼をそらした。琉球手の男に一目置いているようだ。

やがて、彼は、唾を吐くと腹立たしげに肩をそびやかして莚の向こうに消えていった。

惣角は、琉球手の男を見た。惣角とそれほど変わらないくらい小柄な男だ。しかし、その体躯《たいく》はがっしりとしている。

肩には筋肉が盛り上がり、胸板が厚い。

琉球手の男は、興味なさそうに眼をそらすと、やはり莚の向こうに去ろうとした。

「待ってくれ」

惣角は言った。

男は振り返った。

「俺は、武田惣角。会津藩士だ。小野派一刀流を学び、その後、直心影流を学んだ」

「それが何か？」

男の声には冷たい響きがあった。

「さきほど、琉球手を見せてもらった。ぜひ、一手、お手合わせを願いたい」

「手《ティー》は、勝負のためのものではない。体を鍛え、身を守るためのものだ」

「ティー……？」

「手墨《テシミ》だ。おまえたち日本人《ヤマトンチュ》の言葉でいう武術のことだ」

「琉球手のことだな」

「そう呼びたければ呼べばいい」

「だが、おぬしは、それを見世物にしているではないか」

男の眼に冷たい怒りの色が浮かんだ。

「やりたくてやっているわけではない。そうさせたのは、おまえたち日本人《ヤマトンチュ》の武士《ブサー》ではないか」

惣角は、相手の怒りが自分に向けられていることに困惑した。

「俺は、別におまえに見世物をやれと言った覚えはない」

惣角は、ぽかんとした顔で言った。その顔は実に無防備に見えた。

琉球手の男は、そうした惣角の態度にさらに怒りをつのらせたようだった。惣角が茶化しているように感じたのだろう。

「おまえたち日本《ヤマト》の武士《ブサー》は、わが王国にやってきて、俺たちを支配した。それまで、わが王国は武器を持たない平和な国だった。それを鉄砲で支配し、それだけでは足らず、今度は、明治の年号を使えだの、王に城を出ろだのと無理強いをしてくる」

男は、耐えがたい怒りを抑えているように見える。

「明治の年号だって？」

惣角は、不思議そうに尋ねた。「それはどういうことだ？」

「わが国の王は、中国から冊封《さくほう》されている。これは五百年前の察度《さつと》王の時代からの伝統だ。だからずっと中国の年号を使ってきた。それがわが国の習わしだ」

「しかし、琉球も日本なのだろう？」

「日本だと思ったことなどない。わが国はひとつの王国だ」

惣角は混乱してきた。だが、男の言いたいことはわかるような気がした。

惣角の感覚でいえば、会津もひとつの国のようなものだった。幼い頃、惣角は、たしかに一番偉いのは会津藩主だと思っていたのだ。

会津戦争ですべてが終わった。惣角も時代の荒波の中に放り出されたのだ。惣角は、その思いを素直に言葉にした。

「会津も国だったよ。だが、戦争に負けてそうではなくなった。明治政府というのは、俺にはよくわからない。俺は、侍として生きていくことだけを考えていた。それで、西郷さんの軍勢に加わろうとした。しかし、それも果たせずに終わり、西郷さんの軍勢も戦に負けた。俺も何をして生きていけばいいかわからなかった」

男の冷たい視線は変わらなかった。だが、彼は、惣角の言葉を無視するようなことはなかった。

「俺もおぬしと同じく、軽業の一座で何とか食いつないでいる。もう会津に戻る気にもなれない。侍で生きるにも、その侍がもうこの世にはいらぬものだという。だが、俺は、おぬしの技を見て、なにかこう……うまく言えないが新しい時代が見えた気がした」

男はしばらく黙っていたが、やがて吐き捨てるように言った。

「勝手なものだ。おまえは日本人《ヤマトンチュ》なんだ。おまえにも責めはあるのだ」

「難しいことは俺にはわからない」

「わからないでは済まされないこともあるんだ」

「おぬしも、武術に興味があろう」

「何だって？」

「俺は、他に何の取り柄もない。だが、この腕には少々自信がある。どうだ？　俺の技を見てみたいと思わないか？」

　男は、じっと惣角を見つめた。

「俺が日本人《ヤマトンチュ》を怨《うら》んでいるのがわからないのか？」

「それはわかった」

「勝負となれば、俺はおまえを殺すかもしれない」

「当然だ。それが勝負だ」

「命が惜しいとは思わんのか？」

「何もせずに生き長らえて何になる。それより、俺はおぬしの琉球手に興味がある」

　男はあきれたように惣角を見た。

「勝負のために殺されてもいいと言うのか……」

「それが侍の生き方だ」

「俺の国の武士《ブサー》とはちょっと違うような気がするな」

「さっきから言っているブサーというのは何だ？」

「ヤマトの言葉では武士ということだ」

「どう違う？」

「武士《ブサー》にも命知らずはいる。だが、本当に殺し合いをするのは愚かなことだと考えている。古い歌にこうある。手墨《テシミ》すぐりてん、智の座すぐりてん、肝《チム》ど肝さだめ、世界《シケ》の習《ナレ》や」

「何だそれは」

「名護《なご》程順則《てじゅんそく》親方《オエカタ》が作った琉歌だ。どんなに武術がすぐれていようと、学問ができようと、人間社会は正直が一番だという意味だ。武士《ブサー》は手《ティー》を磨く。だが、目指すのは皆が平和に暮らすことだ」

「世に戦がなければ武士など必要なかろう……」

「手《ティー》は世を治めるためのものだ。戦いの道具ではない」

もし、琉球手を実際に見ていなかったら、惣角はその言葉を聞き入れなかったかもしれない。彼は、まだ若く、弱者の負け惜しみなど聞く耳を持たなかったからだ。

しかし、琉球手は強い。

惣角は、男の言葉を聞いて、西郷隆盛の言葉を思い出していた。

「新しい世で、強くなれ」

西郷隆盛は惣角にそう言った。

たしかに、惣角は、男の言ったようなことをこれまで考えたこともなかった。

剣術は、相手を殺すための技術だ。惣角はそう信じつづけてきた。

元会津家老の保科近悳から、代々会津家老家に伝わる御式内の初手を学んだときも、その意味するところは本当には理解できなかった。

御式内は、柔《やわら》の手だ。相手を殺さずに無力化する技法と言っていい。だが、それは、城内での技法であり、敵を相手にする技ではないと考えていた。

武田家に伝わった柔術には、倒してから首をかき斬るような技法が含まれていた。それこそが武士の技だと思っていたのだ。

惣角の頭の中には、何か新しい考えが生まれようとしていた。しかし、それが何なのかまだ彼にはわからない。

彼は、迷いの中にいた。

だからこそ、ますます琉球手に興味が湧いてきた。

(世を治めるための武術だと……。ならば、ぎりぎりの戦いではどういう技を使うのだ？　もし、殺されそうになったら……)

惣角は、そんなことを考えていたのだ。

「俺は是非とも、手合わせをしたい。断るならこの場で打ちかかる」

「小野派一刀流と言ったな？」

男は言った。「それは剣術ではないのか？　剣はここにはない」

「剣などいらぬ」

琉球手の男は、かすかに笑った。

「それでは相手にならぬ。この鉄拳《ティジクン》は剣に等しいからな。よかろう。そんなに死にたいのなら、相手をしてやってもいい」

「そうか。それはありがたい」

「殺してやると言って、礼を言われたのは初めてだな。ただし、本当の手《ティー》を人に見せるわけにはいかない。勝負は人目のないところでやるが、それでもいいか？」

「むろんだ」

惣角は、思った。

（やはり、見世物で使う技と実際の戦いで使う技は違うのだな）

その技を早く見たいものだと惣角は心から願っていた。実に久しぶりに体中の血が騒いでいる。これほどわくわくした気分は戦火に包まれた熊本城以来のことだった。

「この先を行ったところに、松の木が生えている野原がある。明日の亥《い》の刻でどうだ」

亥の刻は、現在でいう午後十時のことだ。人々の往来もない刻限だ。

琉球手の技をよほど人に見られたくないのだな、と惣角は思った。

「よかろう」

惣角はうなずいた。

「まだ名乗っていなかったな。俺は、伊志嶺章憲《いしみねしようけん》。首里城下の子だった」

「子……？」

「おまえたちの言い方で言えば、下っぱの侍だ」

「松の木のある原っぱ。明日の亥の刻だな。では……」

惣角は、くるりと背を向けるとその場を去った。彼は、その足で戦いの場所を確かめようと松の木を目指して歩きはじめた。

二

空手の歴史は古くて新しい。

沖縄で生まれたこの独特の武術は、その起源が明らかではない。

沖縄は古くから中国との交易が盛んだった。十四世紀に、北部、中部、南部に三つの部族連合小国家が生まれた。三つの国は、それぞれに明に朝貢し、明は、これらの国に、北山王、中山王、南山王の王号を贈った。これを三山鼎立《ていりつ》の時代という。それ以来、五百年にわたり、沖縄と中国は朝貢、冊封、貿易の関係を持ちつづけた。

特に中山王であった察度王は中国貿易に熱心で、中国の文化も多く取り入れた。そのために、察度王の時代に中国武術が伝わり、それが空手の祖になったという説が語られたりもする。

しかし、空手の成り立ちはそれほど単純なものではなさそうだ。古くから、沖縄には土着の手《ティー》という技があった。中国から渡ってきた武術を唐手《トウーディー》と呼んで区別していたのだ。

空手は、その双方が合わさって成立したもののようだ。それ故に、中国武術――特に、南方で行われている中国武術と空手は、共通点はあるが、理念がまったく違う。似て非なるものなのだ。

これは、古来の手の流れに、型だけ唐手が取り込まれた結果としか考えられない。

冊封使は何度も沖縄を訪れている。冊封使というのは、琉球国王が即位するときに、その国王を任命し冠を授ける中国王朝の使いのことだ。空手の歴史において最も重要な冊封使は、一六八三年に来琉した汪楫《ワンシュウ》だろう。

その名前は、空手の型に残され現在でも広く行われている。

また、一七五六年には、武官である公相君《クーシャンクー》が沖縄において正式に演武している。この名も、現在行われている型の名として残っている。公相君というのは、人名ではなく、中国の古い役職の名だったようだ。

数えきれないほどある空手の型の名前は、中国読みと沖縄方言と大和言葉が入り乱れている。そのあたりにも、空手の成り立ちの複雑さがうかがえる。

いずれにしろ、中国武術の影響があったことは間違いない。沖縄の王は、中国王朝に冊封されていた。つまり、中国の勢力下にあったのだから文化的な影響があるのも当然だ。

空手は現在多くの流派に分かれている。だが、古来は、手という単一の武技だった。そこに中国武術の流れが入り、まず、大きくふたつの流派に分かれた。昭林流と昭霊流だ。これがいつごろできたのか、またどの程度の違いがあったのか明らかではない。しかし、昭林流から、現在の少林流や少林寺流、小林流といった流派が生まれ、昭霊流から剛柔流の流れが生まれたようだ。

武田惣角が伊志嶺章憲に出会った明治十年（一八七七年）のころは、まだ、空手に流派名はない。ようやく、首里手、泊手、那覇手といった地域による区別が生まれつつある時代だ。

ちなみに、武田惣角の生まれは、万延元年（一八六〇年）、首里手の始祖と言われる松村《まつむら》宗棍《そうこん》が生まれたのは中国年号嘉慶《かけい》十四年（一八〇九年）、泊手の始祖・松茂良興作《まつもらこうさく》が生まれたのが、中国年号道光五年（一八二五年）、そして、那覇手の始祖・東恩納寛量《ひがおんなかんりょう》が生まれたのが、中国年号咸豊《かんぽう》三年（一八五三年）のことだ。

伊志嶺章憲は、首里城の下級武士だと名乗っているから、彼が身につけていた手は、首里手だったに違いない。

空手が現在のような流派を名乗るようになったのは、大正、昭和になってからのことで、そういう意味では新しい武道ということもできる。

三山鼎立時代は約百年続いたが、十五世紀の初め、尚巴志《しょうはし》により沖縄は統一された。これを第一尚氏と呼ぶ。だが、その政情は安定せず、一四六九年に、王府の財政官だった金丸によるクーデターが起きる。金丸は、中国から冊封され尚氏を継ぎ、尚円と名乗った。これが、第二尚氏で、この王家は明治の廃藩置県まで続く。

第二尚氏の三代目、尚真の時代に、北は奄美から、南は宮古、八重山に至るまでの中央集権国家が完成した。尚真は、中国の文化を熱心に取り入れた。また、禁武政策を取り、沖縄から武器を一掃した。これが徒手空拳の手をいっそう成熟させたと言われている。

また、例えば、佐久川親雲上《さくかわペーチン》、松村親雲上《まつむらペーチン》、屋良親方《やらオエカタ》というふうに、空手の名人の呼び名に親雲上《ペーチン》や親方《オエカタ》というのがよく見受けられるが、これは、琉球王府の身分・役職を表すもので、これらも、この尚真の時代に制定されたものだ。

おおざっぱにいうと、王子《オージ》、按司《アジ》、親方《オエカタ》等が大名、親雲上《ペーチン》、里主《サトヌシ》、筑登之《チクドン》などが士族だ。その後、武器のない沖縄の平和は続いた。十七世紀には、セントヘレナのナポレオンが、東洋に武器のない島があると聞き、心底驚いたという逸話が残っている。

一六〇九年、その武器のない島へ、薩摩の島津氏が鉄砲隊を含む兵三千を送り込んだ。表向きは、豊臣秀吉の朝鮮出兵に際して琉球王府が軍糧の負担を怠ったという理由だが、これは言いがかりだ。島津氏は、中国交易による利潤が目的だったのだ。武器を持たぬ琉球はひとたまりもなく島津の支配下となる。

薩摩は、奄美を琉球から割き直轄支配地とした。また、琉球全土で検地を行い、年貢を納めさせた。屈辱的な傀儡《かいらい》王国が続いたのだ。

そして、明治四年（一八七一年）、全国で廃藩置県が行われる際に、沖縄は現状のまま鹿児島県の直轄となった。その翌年、明治政府は琉球王国の国号を廃して琉球藩に改め政府の直轄にした。

さらに、明治八年（一八七五年）には、内務大丞《だいじょう》松田道之を派遣し、清国への朝貢・使節派遣の禁止や、中国年号の使用禁止、国王尚氏の東京在住などを命ずる、いわゆる琉球処分を厳達した。

琉球藩では、旧態存続の嘆願を繰り返したが、ついに、明治十二年（一八七九年）に明治政府は廃藩置県を強行した。

この間、琉球藩側は苦悩の連続だった。

西南戦争が明治十年（一八七七年）のことだから、ちょうど惣角と伊志嶺章憲が出会ったのは、この琉球処分を巡って紛糾《ふんきゅう》している頃のことだ。

伊志嶺章憲が言った、日本の武士による支配というのは島津氏の琉球支配のことであり、さまざまな無理強いをしているというのは、明治政府による琉球処分のことだった。

三

惣角は、眠れぬ夜を過ごした。

不安なのではない。血が燃えるのだ。身体中が熱く、とても眠るどころではなかった。寝床に横になっていることなどできず、ついに夜中に外に出た。

素振り用の木刀を振りたいところだが、軽業の一座にそんなものはない。惣角は、小屋を建てるときに使う丸太を見つけ、それを手に取った。

直径が二寸もあり、長さは、身長とほぼ同じの五尺だった。惣角は、その丸太を振りかぶり、木刀のように振った。

小柄だが、信じがたい膂力《りょりょく》を持っており、惣角はその重い丸太を軽々と振った。手の内がしっかりしているため、丸太は止まるべきところでぴたりと止まった。

丸太が空気を切り裂き、うなりを上げる。そのうなりがまた惣角に自信を持たせた。ひとしきり、汗をかいてようやく落ち着いた惣角は、寝床に戻った。

傍らの愛刀、虎徹を見る。

伊志嶺章憲は、自分の拳を突き出し、それが剣と同じだと言った。たしかに、瓦を叩き割るその威力は絶大だ。

しかし、骨を絶ち、触れれば皮膚を割く刀といっしょにはできないと思った。

瓦は動かない。それを打つのと、絶えず動く敵を打つのでは違うと惣角は思った。瓦割りは、すえもの斬りと同じことだ。

いくらなんでも、素手の人間に剣を向けることはできないと思った。かといって、木刀で相手をするのは中途半端な気がした。

伊志嶺章憲は、本気で惣角を殺そうとするかもしれない。勝負はいかなるときも、自分に有利にもっていかなくてはならない。

伊志嶺章憲が剣を持っていいと言うのなら剣を持つべきだ。それは惣角にもわかっていた。

しかし、なぜか躊躇が残った。

彼は、ふたたび虎徹を見た。どういう勝負にすべきか。亥の刻までに結論を出さねばならなかった。

空に半月が出ていた。

おかげで、そこそこの明るさはある。惣角は、早くから外に出て、闇に目を慣らしていた。

昼間に地形を把握していたから、月明かりがあれば惣角には充分だった。

亥の刻が近づいてくる。惣角は、松の原に向かってゆっくりと歩きはじめた。やがて、闇の中に、見覚えのある松の木が見えてくる。

惣角は危なげない足取りで草原の中を歩いていった。

人影があった。

すでに伊志嶺章憲は到着していた。琉球の服を着ている。勝負に際して正装をしてきたのかもしれない。だが、それだけでないことは、惣角にもわかった。

伊志嶺章憲は、琉球の人間として戦おうとしているのだ。薩摩の琉球支配を怨み、琉球処分の要求に腹を立て、日本の侍である惣角に立ち向かおうとしているのだ。

伊志嶺章憲は本気だ。これは道場の立ち合いなどとはまったく次元が違う。惣角はそう感じた。

思わず武者震いがきた。緊張が高まる。同時に、惣角はどうしようもない喜びを感じていた。

全身に熱い血が駆けめぐっている。

鼻の先がむずがゆくなる。

五感が研ぎ澄まされていた。

あたりは暗くて、伊志嶺章憲の表情もよく見えない。しかし、惣角は、相手の息づかいまでも感じ取れるような気がしていた。

「待たせたようだな」

惣角が言った。

すでにその瞬間に戦いははじまっていた。道場の試合ではない。立ち会い人もいない。出会ったそのときに、勝負は始まっている。

「どういうつもりだ？」

伊志嶺章憲が言った。「剣はどうした」

「持ってこなかった。俺も素手で戦う」

「それでは勝負にならないと言ったはずだ……」

「やってみなければわからない」

「ばかなことを……」

「俺は、小野派一刀流と直心影流を学んだ。剣術はな、つきつめれば剣を必要としなくなる。それに、幼いころよりわが武田家に伝わる柔の術も学んでいる。また、会津家老家に伝わる御式内の手ほどきも受けた。刀がなくても戦える。油断しないことだ」

「油断などしないさ」

伊志嶺章憲は、すっと腰を落とした。「勝負を挑んできたのはおまえだ。殺されても文句は言えないのだぞ」

「死んだら、文句は言えんさ」

惣角は、腰を高く構え、やや半身になった。右を前にしている。剣を構えたときと同じだ。

一方、伊志嶺章憲は左手を胸の前に掲げ、右手を脇に引いている。そして、左前に半身になった。

惣角は、じりじりと自分のほうから詰めていった。勝負の鉄則だ。

ほんのわずかずつでも動いていなければならない。足が止まった状態を居つくという。いかなる場合でも居ついたほうが負ける。古今東西の剣聖がそう言っている。

さらに、動くとき、決してさがってはいけないことを、惣角は長年の修行で悟っていた。

真剣勝負のときに、自分から出ていくのは恐ろしい。だが、その恐怖を殺して前へ出なければもっと恐ろしい目に遭う。惣角はそれをいやというほど知っているのだ。

間合いの攻防だ。

じきに間境に来る。

そこをわずかでも越えれば、仕掛けた技が届く。

だが、同時に相手の技も届く間合いだ。そこからの思い切りが勝負を決める。

間境には壁がある。

そこから間を詰めることができなくなる。うかつに踏み出すと、相手に合わされる。迷わず最初の一撃を決めるためには、相手を威圧していなければならない。

間境に来た。

惣角は、まっすぐに相手の顔面に一撃を決めるつもりでいた。琉球手ほどの威力はないかもしれない。だが、顔面を殴るのに、瓦を割るほどの破壊力はいらない。

惣角は不思議なことに気づいた。

伊志嶺章憲は、さきほどからまったく動いていない。

間合いに無頓着にも見える。

間合いというものを知らないのか？

それとも、よほど自信があるのか……？

惣角は、迷いはじめた。

しかし、勝負に迷いは禁物だった。惣角は、ためしに間境を越えてみることにした。

いつでも当て身を出せるように、拳を構えて、ほんの一寸、間境を越えた。

伊志嶺章憲は動かない。

今、技を出せば、確実に決まる。惣角はそう思った。

（もし、俺が剣を持っていたなら、こいつはもう死んでいるかもしれない）

惣角は、思った。

琉球手というのは、破壊力はある。体を鍛練していることはたしかだ。しかし、実戦にはそれほど向いていないのではないだろうか……。

見世物として、木刀相手にすることはできる。だが、こうした真剣勝負の経験はないのかもしれない。

惣角は、一瞬、興味を失いかけた。

（早いとこ、ケリをつけよう）

さらに一寸ほど間合いを詰めた。そして、剣を打ち込む要領で鋭く踏み込み、拳を相手の顔面に叩きつけようとした。

惣角は鋭い気合を発していた。

まったく同時に、伊志嶺章憲も気合を発した。

惣角は、全身が凍りつきそうになった。

気がついたら草原の上に転がっていた。

倒されたのではない。自ら身を投げ出したのだ。

伊志嶺章憲の気合を聞いたとたん、太刀で胴を払われたような気がしたのだ。はっきりとそれが見えたと思った。実際、惣角の腹を何かがかすめていった。

だが、それは剣ではなかった。伊志嶺章憲の正拳だった。腹の底が冷たくなった。

食らっていたら、ひとたまりもなかったかもしれない。伊志嶺章憲の正拳はそれくらいの威力を秘めているのがわかった。

瓦を叩き割るのを見たときもその威力に驚いた。しかし、実際に対峙《たいじ》してみてその本当の恐ろしさがわかった。

一撃の威圧感。

惣角はあわてて立ち上がった。

伊志嶺章憲は、拳が剣と同じだと言った。その意味が今ようやくわかった気がする。

伊志嶺章憲の一撃は、一の太刀と同じだ。それが決まれば、二の太刀はいらない。相手はもうこと切れているからだ。

惣角は、初めて恐怖を感じた。

その恐怖をぬぐい去ろうとした。だが、自分があまりに無防備な気がした。

(剣を持たない真剣勝負というのは、これほど不安なものなのか……)

惣角は、思った。

伊志嶺章憲たち琉球武士は、その素手の戦いに命をかけているのだ。

(呑まれてはいかん。呑まれてはいかん……)

惣角は、必死に自分に言い聞かせていた。さがりたくなるのを懸命にこらえた。再び対峙すると、惣角は、勇気をふりしぼって、また自分から間を詰めはじめた。

じりじりと少しずつ近づいていく。

伊志嶺章憲は、またしても動こうとしない。間合いを計るということをしないのだ。

再び間合いが近づく。惣角の間合いだった。しかし、惣角は自信を失いかけていた。

右正拳の一撃は、それほど恐ろしいものだった。

(くそっ、ならば……)

惣角は、その右の正拳に注意を集中した。最初の一撃さえ封じれば何とかなる。つかまえれば、惣角には柔術の技もある。

惣角は覚悟を決めた。

再び、気合を発して打ちかかる。

やはり同時に伊志嶺章憲が右正拳を突いてきた。

周囲の空気を巻き込んで風が起こるくらいの正拳突きだ。惣角は、咄嗟《とっさ》に半身になった。

伊志嶺章憲は、水月《すいげつ》のツボを狙っていた。鳩尾《みぞおち》の急所だ。

それを読んでいた惣角は、何とかかわすことができた。

喉輪のように四指と親指で鉤《かぎ》を作りそれで顎の下から突き上げようとした。喉輪が決まりそうになった瞬間、惣角は、したたかな衝撃を感じた。

腹の中で爆発が起こったようだった。

惣角は、そのまま体をくの字に折った。そのまま崩れてしまいそうだ。だが、反射的に惣角は、後方に飛びのいた。

そのとたん、目の前をうなりを上げて通りすぎていったものがある。伊志嶺章憲の手刀だった。

惣角の鍛え上げられた勘が危機を知らせたのだ。

惣角は何があったのか悟った。右の拳はなんとかかわしたが、すぐさま左の拳が腹に叩き込まれたのだ。それは一撃目ほどの威力はなかったが、惣角の体勢を崩すには充分だった。

長年武術で鍛えた惣角でなければ今頃地に倒れていたはずだ。惣角がひるんだのを見て、伊志嶺章憲はすぐさま手刀をこめかみの急所に飛ばしてきたのだ。

瓦を叩き割る手刀だ。こめかみに食らったらやはり命があぶなかった。

惣角は、ようやく立っていた。水月を突かれたため、まだ呼吸ができない。彼は脂汗を流していた。

伊志嶺章憲は畳みかけてはこなかった。じっと惣角の出方を待っている。

惣角は気づいた。伊志嶺章憲は決して自分から仕掛けてはこない。惣角の攻撃を待っているのだ。

間合いにこだわらないのは、いつでもどの間合いからでも突きを出せるからだ。その突きは目に止まらないくらい速く、当たればどこの骨であろうと砕くくらいに力強かった。惣角は、心底恐ろしいと思った。同時に、彼はますます集中していった。

全身が感覚器となっていく。

恐怖が、惣角をさらにしたたかにしていた。一種の開き直りだった。

彼は思った。

(そちらが攻めて来ないのなら、こちらも待たせてもらう……)

そうして回復する時間を稼ぐのだ。

惣角は、また右前に構えて立った。すると、惣角の心を読んだように、一転して伊志嶺章憲が攻勢に転じた。

奇声を発すると伊志嶺章憲は、地面を蹴って軽々と跳躍した。

(蹴りか!)

惣角は、伊志嶺章憲が軽業の一座で頭上に吊るした瓦を蹴り割ったのを咄嗟に思い出した。

その蹴りをかわそうとした。しかし、蹴りは一発ではなかった。空中で二発の蹴りを出してきた。二段蹴りだ。

惣角は、胸板に蹴りを食らった。後方にひっくりかえる。跳ね飛ばされたように見えたが実は、衝撃を減らすために自ら後方に飛んだのだった。後ろに回転するとすぐに起き上がった。

伊志嶺章憲はすぐ側にいた。

攻撃の手を緩めようとしない。

(離れては損だ)

惣角は、咄嗟にそう思い、つかみ合うほどの距離に接近しようとした。

相手の袖を取ろうとする。すると、伊志嶺章憲は、内側から手を回転させ軽々と惣角の手を払い、同時に顎に向かって突き上げてきた。

惣角は、ぎりぎりでそれをかわす。伊志嶺章憲はすぐさま、両手を突き出してきた。双方の親指を立てている。惣角の両眼を狙っているのだ。

惣角は、無意識のうちに下に逃げていた。相手の脇をくぐり抜けるような形になった。うまく、手を伸ばすと、相手の後ろ襟に届いた。

後ろ襟を引きながら体をひねった。伊志嶺章憲の体が宙に舞い、仰向けに倒れた。しかし、伊志嶺章憲はその状態から蹴りを飛ばしてきた。

惣角は、また後方に退かなければならなかった。

ふたりは荒い息をついていた。

(接近戦もこなし、倒れても蹴りを出してくるか……)

惣角は思った。(さすがに強い)

しかし、今の一瞬の攻防で惣角は、わずかな方策を見いだしていた。

(勝機は一瞬しかない)

だが、その一瞬に賭けるだけの自信はあった。剣の世界は、勝負を分ける一瞬を磨くのだ。

惣角はまたじりじりと間を詰めはじめた。伊志嶺章憲は弓を引き絞ったような状態で惣角を待っている。

一寸、また一寸と間を詰めていく。ふたりの間は接近していく。

伊志嶺章憲の右拳だけに神経を集中していた。他の技が来ても捨てるつもりだ。左拳や蹴りが来たらなんとかさばいて、また仕切りなおそうと考えていた。右拳だけを待つ。

惣角は、気合を発して飛び込んだ。面を打つ要領だ。同時に伊志嶺章憲も突いてくる。右の拳だ。

惣角は、飛び込むと同時に捨て身技にいった。体を投げ出しつつ回転させる。その回転に伊志嶺章憲の右腕を巻き込んでいた。

伊志嶺章憲は前方に投げ出された。そのままうつぶせに倒れる。惣角は、右腕を放さなかった。

伊志嶺章憲の肩関節を両膝で挟み、思い切り腕を真上に引き上げた。

完全に肩関節が逆にきまっている。両膝で肩を挟まれているので身動きが取れなかった。

「どうだ」

惣角は、興奮して叫んだ。「うつぶせなら蹴りも出せまい。左手も届くまい。このまま肩を外し、腕を引っこ抜いてやろうか」

伊志嶺章憲は、苦痛に呻《うめ》いた。関節技の苦痛は独特だ。どんなに鍛えた者でも耐えることはできない。

「おぬしの負けだ。参ったと言え」

伊志嶺章憲があえぎながら言った。

「武士《ブサー》が日本人《ヤマトンチュ》に負けたと言えるか……」

惣角は、固めを解いた。

伊志嶺章憲は左手で右肩をつかみ、呻きながら仰向けになった。

惣角は言った。

「おぬしがどう思おうが勝手だが、俺はおぬしに感謝している」

「感謝？」

「本気で戦ってくれたことに感謝する」

「ふん。いい気になるな。琉球には、俺などよりずっと強い武士《ブサー》がたくさんいる」

「ほう……。それは面白い。ぜひとも、琉球に行ってみたいものだ」

伊志嶺章憲は、思わず惣角の顔を見ていた。暗くて表情はよく見えないはずだった。それでも何とか表情を読もうとしているようだった。

惣角の言葉は皮肉などではなかった。純粋な興味を覚えたのだ。それが、言葉に出た。伊志嶺章憲はそれを感じ取ったのだ。

伊志嶺章憲は何も言わずに惣角を見つめている。唐突に惣角は、くるりと背を向け歩きだした。

「待て」

伊志嶺章憲が言った。惣角は立ち止まって振り向いた。

「なぜ、それほどまでに戦いにこだわる？　なぜ、戦おうとするのだ？」

「さあな……。だが、俺はこういう生き方しかできない」

惣角は、再び伊志嶺章憲に背を向けると歩きだした。

このとき、惣角は、伊志嶺章憲をうつぶせにさせ、その肩関節を膝で決めた。人に習った技ではない。戦いの流れの中で咄嗟に出た技だった。惣角はこの技を忘れなかった。この独特の固め技は、後に大東流において、数種類の『無手固め』として発展していくのだった。

四

それから三日後、惣角のいる軽業の一座が小屋を畳み、熊本城下を去ろうとしていた。一座の仕切り役が、惣角を呼びにきた。

「おい、客だぞ」

「客……？」

惣角は、表に回った。

伊志嶺章憲が立っていた。惣角をじっと見つめている。

「何の用だ？」

惣角は言った。「勝負はもうついているはずだ」

「かわいげのない小僧だ」

伊志嶺章憲が言った。勝負のときとは違い、初めて見たときの冷やかな静けさが戻っていた。「俺は琉球に帰ることにした」

「琉球に……？」

惣角は、そう聞き返した後に、眼を輝かせた。

「そうだ。おまえにひとこと言っておきたいと思ってな。俺は琉球に帰って手《ティー》を磨く」

「そうか……」

「この先、琉球がどうなっていくかはわからない。日本人《ヤマトンチュ》の支配に屈する琉球人《ウチナンチュ》が情けなくて島を出たが……。やはり、俺は琉球の人間だ。その行く末を見届けたくなった」

「日本も変わっていく」

惣角は言った。「この国がどうなるか、俺にもわからない。新しい世の中で、俺は何をすればいいのかもわからない。ただ、俺は強くなりたい。それだけだ」

「その単純さがうらやましくなった」

「おまえは、言ったな。琉球にはおまえより強い武士《ブサー》がたくさんいると……」

「俺が一番だと思いたいが、残念ながらそうではない。名人がたくさんいる」

「俺は、この眼でその技を見てみたい」

「そう言うと思ったよ」

「俺もいっしょに行きたいのだが……」

伊志嶺章憲は、惣角を見つめて言った。

「俺を好奇の眼で見なかったのはおまえだけだよ」

「どういうことだ？」

「日本人《ヤマトンチュ》は、琉球を無理やり日本に組み入れておきながら、誰もが俺たちのことを異人を見るような眼で見る。手《ティー》も、異人が使う不思議な術くらいにしか思っていない。だが、おまえは違った。おまえが身につけた武術と手を同じものと考えてくれた。そして、本気で戦ってくれた。俺を武士《ブサー》として認めてくれたんだ。勝負の後、ようやくそれに気づいた」

「おまえの手はおそろしい武術だ。それは間違いない」

「おまえとなら同行してもよい」

「本当か？」

「おまえひとりでは、琉球弁《シマグチ》がわからんだろう。俺が通辞をしてやる」

「いつ出発する？」

「薩摩から那覇までの船が出るのが三日後だ。急いで薩摩に向けて発たねばならない。別れを言うつもりで来たのだが……」

「すぐに行く」

惣角はそう言うと、奥へ引っ込み、愛刀の虎徹と風呂敷包《ふろしきづつ》みひとつを持って出てきた。伊志嶺章憲は驚いた。

「一座の連中への挨拶はいいのか？」

「かまうものか。どうせ、邪魔者だったんだ」

すでにこの頃、惣角は放浪の人生を決めていたのかもしれない。一所に定住するのは自分の生き方ではないと、漠然とだが思い定めていた。

「そうか」

伊志嶺章憲は言った。「それでは行くか……」

ふたりは琉球へ渡るべく、まず薩摩に向けて出発した。

未知の土地への憧《あこが》れもあるが、何より、琉球手への期待で、惣角の胸は躍っていた。

第六章

一

海に浮かぶような、一対の建物が見えてきた。石垣で囲まれた堅牢《けんろう》な城のようだ。那覇港の入り口の両側に建つ三重城《みえぐすく》と屋良座森城《やらざもりぐすく》だ。

本土からの船は、断崖と砂浜が交互に現れる岸の脇をゆっくりと通り、那覇港を左手に見ていた。

武田惣角は、ぽかんと口を開けて那覇の風景を眺めていた。これまで見たどの風景とも違っていた。

すでに十一月で、本土では冬を迎えようとしている。なのに、ここは、まるで秋口ほどの暖かさだった。緑は色濃く繁っているし、船の乗客もみな単衣《ひとえ》の着物を着ている。

船が三重城と屋良座森城の間を通り、那覇港の中に入っていく。水路の両脇には石垣が積まれており、それが四つの橋でつながっていた。

見たこともない木々が立ち並んでいる。北国生まれの惣角にとっては、まさに異国の風景だった。

　瓦屋根の建物が並んでいるが、その瓦は、淡い朱色に見えた。

「赤い瓦屋根など初めて見た……」

　惣角は思わずつぶやいていた。「それに、あんな木は見たことがない」

　隣にいた伊志嶺章憲がかすかに微笑んだ。彼は、琉球風に着物を着ていた。細い帯を腹の前で結んでいる。

「くりがー、ウチナーさあー」

「何だって？」

「これが沖縄だと言ったんだ」

「沖縄……？　琉球ではないのか？」

「王府の用件などのときは琉球と呼ぶが、普段、私たちはウチナー、つまり沖縄と呼んでいる」

「なるほど、おぬしの言ったことがよくわかる。ここは日本ではないな。異国だ」

「そう。琉球王朝だ。だが、それも、五年前までのことだ。ヤマトの政府は、ウチナーを藩にしてしまい、王は国の王ではなく単なる藩の王となった。そして、今、廃藩置県を断行しようとしている。沖縄から王がいなくなろうとしているのだ」

「明治政府のやることは、俺にはわからない……」

「それはいたって勝手な言いぐさに聞こえるな。あんたも、ヤマトの人間なんだ」

「ヤマトの人間か……。だが、ヤマトの人間にも二種類あってな。俺は、戦に負けた側だ」

惣角は珍しく沈んだ口調で言った。「俺は小さなときから侍になることだけを考えてきた。だが、もう侍はいらないのだという。どうやって生きていけばいいのかわからん」

「どうやって生きていけばいいのかわからない、か……。沖縄の人間はずっとそうして生きてきたのだ。薩摩に支配され、今度は明治政府に処分され……。かつては平和な島だったと、老人たちに聞いたことがある。支那は、王国であることを認めてくれ、島は支那との商いで栄えた」

惣角は、口をへの字に結んでしばらく考え込んでいた。やがて、彼は、まるで怒ったような口調で言った。

「すまんが、俺には難しいことはわからん。おぬしたちに何もしてやることができんのだ」

伊志嶺章憲は、惣角の顔をまじまじと見ると突然笑い出した。

「わかっている。あんたを責めているわけじゃない。ただ、われわれの立場と気持ちをわかってほしかったのだ」

だが、それでも惣角はむっつりと口を閉じたままだった。

船はゆっくりと陸に挟まれたおだやかな水面を進んだ。そこは那覇港の奥にある漫湖《まんこ》だった。やがて船は着岸し、惣角と伊志嶺章憲は沖縄に上陸した。さきほどの難しい話など忘れてしまったように、惣角は珍しげに風景を眺めていた。

港は賑わっていた。行き交う人々が惣角の眼には異邦人のように映る。伊志嶺章憲もそうだが、男は、頭の上に丸い髷《まげ》を結っている。月代《さかやき》はない。

木綿の着物を着ているのだが、着こなしが内地とは違っていた。物売りの女たちは帯をしていないように見える。ちょっと身分の高そうな女性たちは、紐《ひも》のような細い帯を締め、その上に必ず打ち掛けを着ていた。

男は、伊志嶺章憲のように帯を腹のところで結んでいる。馬方は、丈の短い袖無しの着物を着て、紐を帯の代わりにしている。

物売りの女は、頭の上に大きな籠をのせ、そこにさまざまな商品を入れていた。野菜売りの農民らしい男が天秤棒《てんびんぼう》を担いでいる。その農民は着物を腰までまくっている。

士族らしい男も、農民も馬方も、同じ髷を結っていた。そうした人々が、赤い瓦が並び、蘇鉄《そてつ》やら何やらの珍しい木々の繁る風景の中を往来している。

人々はいたってのんびりと歩き回っているように感じられる。琉球の人々に比べると、会津の人間はいつも足早に歩いていたような気がする。

「さて、我が家に向かおう。首里にある」

「シュリ……？」

伊志嶺章憲はうなずくと、はるかかなたの小高い丘を指さした。そこには、何か立派な建物が見える。やはり赤い瓦がふいてあるようだ。

「王府のある町だ。ヤマトでいう城下町だな。あそこに見えているのが王府だ。つまり、首里城だ」

「わかった。俺は当分、おぬしについていくしかない」

惣角は心細くなっていた。耳に届いてくる人々の話がまったく理解できないのだ。九州を回っているときも、言葉には苦労した。会津育ちの惣角には、九州の言葉がわかりにくかった。しかし、沖縄の言葉はそれどころの騒ぎではなかった。

まるで一言も理解できないのだ。訛りなどというなまやさしいものではない。惣角は、ますます異国へやってきたという気分になってきた。

首里城の周囲は、屋敷町だった。城を取り囲むように士族たちの屋敷が並んでいる。首里の町は、多くの村《そん》から成っていた。城の北側には、当蔵《とうのくら》村や大中《おおなか》村、町端《まちばた》村などが並んでおり、そこには主に按司《アジ》の屋敷があった。大名の中でも王子《オージ》に次ぐ高位の身分が按司だ。城の南側には、崎山村、内金城《うちかなぐすく》村、金城村、赤田村などが並んでおり、こちらには、親《オエ》方《カタ》たちが住んでいた。

城の北側でも、少し離れた桃原《とうばる》村や赤平村などには親方が住んでいる。親方という身分もやはり大名だ。

伊志嶺章憲の父親は、親方だった。彼の家は、城の霊場の南に位置する金城村にあった。

彼の両親は、章憲の姿を見るとひとしきり喜んだ。口々に何か言うが、惣角にはさっぱりわからない。惣角は茫然とその姿を眺めていた。

母親がまず、惣角に気づき、章憲に何事か尋ねた。章憲は、惣角を振り返り紹介した。父親の表情が厳しくなった。

　思案顔で章憲に何事か尋ねる。明治政府という言葉と、日本人《ヤマトンチュ》という言葉は理解できたので、何を言っているのかだいたいわかった。章憲は、惣角にも理解できるように気づかったのだろう。ヤマト言葉で話しはじめた。

「この人は、政府の人ではありません。会津藩士だったのですが、国を出て、今は放浪の身だということです」

　章憲の父親は、不審げに惣角を見て言った。

「会津藩士……？　今は何をしているのだ？」

　琉球の訛りはあるものの、ヤマト言葉だった。

「俺たちの言葉をしゃべれるのか？」

　惣角は思わず章憲に尋ねていた。章憲は、苦笑した。

「私たちは支那人ではない。沖縄弁《ウチナーグチ》もれっきとした日本語だよ。首里王府で働く士族は内地の言葉もしゃべる」

　章憲の父親は、油断ない目つきで惣角を見つめていた。惣角と章憲のやりとりを無視するように今度ははっきりと惣角に尋ねた。

「多くの士族が食い詰めてやくざもののような生活をしていると聞く。ウンジュは何をしておる？」

　ウンジュというのは、あなたとかおぬしとかいう意味であることがなんとなくわかった。

「武者修行だ。伊志嶺章憲殿の琉球手を見て、ぜひとも琉球に来てみたくなった」

「琉球手？」

父親は章憲を見た。「おまえは、手《テイー》を内地の人間に見せたのか？」

章憲は平然とこたえた。

「見せました。もう手がウチナーの秘伝だとか言っている時代ではありませんよ。廃藩置県が行われれば、手を隠し伝えることなどできなくなります。手は、内地の剣術や柔術のように皆が学べるものとなるでしょう」

章憲の父親は、耐えかねるように眼をそらした。やりどころのない怒りを抑えているといった感じだった。章憲はさらに言った。

「私は、手を見世物にしながら、考えました。手が、将来、日本中に広く行われるようになれば、これは沖縄の文化の勝利なのではないかと……。だから、私はひたすら屈辱に耐え、手の威力を内地の人々に披露しつづけていたのです」

「手が日本中で行われるだと？　それは、内地の人間に沖縄の武術を知られることだ。勝利ではない。敗北だ」

「私はそうは思いません。もう、国内の戦の世ではありません。政府は侍ではなく、軍隊で国を守るのです。警察もかつてのような侍ではありません。そういう人々が、手を身につけるようになれば、沖縄の文化が日本を守っていくということになるじゃありませんか。内地でも禁武政策が進んでいます。刀を下げて歩く時代ではありません。手こそが、これからの武術ではありませんか？」

「おまえのような考え方をする者はまだまだ少ない」

「そのうちに皆理解するようになります」

「それで……？」

章憲の父は惣角に尋ねた。「手を学びたいというのか？」

惣角はしばらく考えた。それからおもむろにうなずいた。

「そうだ。俺は手を学びたい」

それは本音ではなかった。惣角は、琉球手を相手に自分の腕を試したいだけだ。惣角には、剣術に対する誇りがある。加えて、幼少の頃より身につけている武田家の柔術、それに保科近悳から手ほどきを受けた御式内に対するこだわりもある。

いまさら、まじめに琉球手を学ぶ気にはなれない。ただ、実際に伊志嶺章憲と戦ってみて、おおいに興味を持った。沖縄にはもっと強い琉球手使いが大勢いると伊志嶺章憲は言った。その連中と戦ってみたいだけだ。

自分の武術が通用するのかしないのか、それを試してみたかった。だが、ここでそれを口に出すわけにはいかない。

「武士《ブサー》は、他人に自分の技を見せないものだ。特に、内地の人間にはな」

「俺の武術を披露する。俺は我が家に代々伝わる技を身につけ、小野派一刀流と直心影流を学んだ。さらに、会津の家老職だけに伝えられる御式内という技も習った。技を交換するというわけだ」

「実際に私も手合わせしてみてわかりました」

章憲が言った。「私たちは、手に誇りを持っている。しかし、それだけでは井の中の蛙《かわず》になってしまう。彼の技は見るべきものがありますよ」

章憲の父は複雑な表情だったが、それ以上何も言わなかった。惣角は、章憲の父親の気持ちがわかるような気がした。立場が逆なら、惣角も同じようなこだわりを持ったかもしれない。それは、今では時代後れになりつつある武士のこだわりだった。

二

「ここが首里では一番有名な道場だ」

伊志嶺章憲は、石垣の前に立って言った。惣角は石垣の中を覗《のぞ》き込み、不審げに言った。

「ここがか……」

惣角の想像とは大きくかけ離れていた。立派な剣術の道場を数多く渡り歩いてきた惣角は、空手の道場もそのようなものだろうと思っていた。

だが、そこは民家とあまり変わりがない。剣術道場のように、威勢のいい気合も聞こえない。

民家と変わりないとはいえ、大きな屋敷だった。石垣の内側には蘇鉄などの植物がたくさん植えられている。惣角は、伊志嶺章憲の後に続いて邸内を進んだ。屋敷の一角に小さな離れがあった。壁を全部取っ払ったような造りで沖縄の民家によく見られる建物だ。床は板張りになっており、ごく少数の人が思い思いの服装で動き回っていた。

そこが手《ティー》の道場となっているようだ。伊志嶺章憲はその離れに歩み寄った。すると、章憲が何か言うより早く、奥のほうから声が聞こえてきた。

「おお、章憲か？　無事戻ったという知らせは、伊志嶺親方《オエカタ》から聞いておった」

小柄な老人が歩み出てきた。歳の頃は、六十代の後半だ。白髪を結い上げている。木綿の着物を琉球風に着付けていた。

「先生、いろいろとご心配をおかけしました」

「元気ならそれでよい」

そのやりとりは沖縄弁だったが、惣角は雰囲気から内容を理解していた。

「今日は客を連れてまいりました。元会津藩士、武田惣角君です」

「会津藩士……」

「はい。武者修行中なのです。彼は、われわれの手を学びたいと申しております」

「ほう……」

「惣角。こちらは、松村宗棍先生だ」

惣角は、礼をした。生来の乱暴者ではあるが、武士の礼儀は一応心得ている。

松村宗棍は内地の言葉で惣角に尋ねた。

「武士が必要でなくなった時代に、武者修行をしてどうなさるおつもりだ？」

「新しい世の中で強くなれ。薩摩の西郷隆盛殿にそう言われました。それがどういうことかまだわかりません。ただ、私には武術しかありません。ただ武術を極めるだけです」

松村宗棍はおだやかな眼で惣角を眺めていた。白髪の老人はきわめて上品に見えた。この老人が猛々《たけだけ》しい琉球手の師とはとても思えなかった。

「何をやられる？」

「小野派一刀流と直心影流をやります。あとは、我が家に代々伝わった武術と会津藩に伝わる門外不出の技を少々」

「門外不出の技……？」

「御式内と呼ばれております」

「ほう。それを是非拝見したいものですね……」

「これまで学んだすべての武術が、私の中で一体となっています。もし、ご覧になりたければ、勝負をしてみるのが一番ではありませんか？」

伊志嶺章憲は、顔色を変えると思いきや、かすかに微笑んだ。彼は、惣角が言い出すことを予想していたようだ。

惣角は、もし、相手が何だかんだと言い訳をして勝負を避けるようなら、この家に出入りする連中に、片っ端から闇討ちでも掛けてやろうと思っていた。

城下町といっても首里は、城を少し離れれば鬱蒼《うっそう》と生い茂る密林だった。町に明かりはなく、夜盗が横行しているということだった。

「立ち合いには剣を使われるのか？」

松村宗棍は尋ねた。

「素手でけっこう」

意外にも、松村宗棍はあっさりとこう言った。

「いいでしょう。誰か相手をしてさしあげなさい」

惣角は、ちょっとばかり拍子抜けする思いだった。

松村宗棍は、首里手と呼ばれる空手の一派の祖ともいうべき人物だ。中国年号嘉慶十四年（一八〇九年）の生まれというから、明治十年（一八七七年）のこのとき、彼は六十八歳だった。

琉球王府に勤め、尚氏十七代尚灝《しょうこう》、十八代尚育《しょういく》、十九代尚泰《しょうたい》と三代にわたる王のお側役の任についていた。中国福建省福州市へ二度、薩摩藩へ二度、琉球国王の使者として派遣された経験を持つ。薩摩においては、示現流の奥義を伊集院矢七郎から伝授されたという。

文武を極めた聡明な人物で、当時は門外不出とされた中国伝来の武術や手も、松村翁だけは開放を許されていたという。

ある意味で空手の祖ともいえる松村宗棍は、その聡明さ故に、門外不出だの秘伝だのということにこだわりを持たなかったようだ。常に本質を知る人というのは余計なことを恐れず、未来を見据えることができるのかもしれない。

三

庭でひとり稽古をしていた四十がらみの男が、離れに上がってきた。その男は、上半身裸だったが、見事に鍛え上げられた体格をしていた。無駄な肉がどこにもついていない。

男は鋭い眼で惣角を睨んだ。

その眼には、明らかな反感があった。内地の人間が道場破りにやってきたのだ。怒りを露《あらわ》にするのも当然だった。

「糸洲《いとす》か」

松村宗棍はあくまでも穏やかな表情のまま言った。「そうだな。おまえが相手をしてさしあげるのがいいだろう」

「はい」

糸洲と呼ばれた男は、道場の中央に歩み出た。道場といっても、ただの離れの一室にすぎない。剣術の町道場に慣れている惣角は、その狭さが少々気になった。

向かい合うと、糸洲はさっと構えた。

「さあ、来い」

奇妙な足の形だった。後方にある右足に体重を掛けて腰を落としている。前方の左足は踵《かかと》を浮かせている。

「変わった構えだ」

惣角は言った。

「猫足という」

松村宗棍が説明した。「支那では虚歩と呼んでいる」

惣角は、その恰好に惑わされまいとした。大切なのは、間合いと機をとらえることだ。

惣角は、剣を構えるときのように、右前に構えた。両手は、開いてこれも剣を構えるような位置に置いた。

糸洲は仕掛けて来ない。ならば、と惣角は一気に打ちかかった。拳を相手の顔面に飛ばす。剣を打ち込むような鋭さだった。

とたんに、腹に衝撃を覚えた。糸洲の体勢が変わったようには見えなかった。何をされたのか一瞬わからなかった。

腹の中で何かが暴れまわり、息ができなくなった。思わず惣角は片膝をついていた。糸洲は、仁王立ちで惣角を見下ろしていた。かすかな笑いが浮かんでいる。

惣角は気づいた。糸洲は、踵を浮かせていた左足で素早く蹴りを放ったのだ。その蹴りは破壊力こそなかったものの、正確に水月のツボをついていた。鳩尾の急所だ。

動きはごく小さく鋭かった。そのため、惣角には見えなかった。

（なるほど、猫足とかいう構えはそのためのものか）

蹴りを出すためには、体重移動をしなければならない。猫足は、その体重移動をあらかじめ済ませた状態で構えるのだ。片足を浮かせて自由に動けるようにしておく、だから予備動作なしで蹴りが出せる。

惣角は立ち上がった。糸洲の動きは小さくて鋭い。しかも正確な攻撃だった。伊志嶺章憲の動きは素早かったがもっと大きかった。正確さより破壊力を重視していた。

糸洲のほうが、一段高い水準にいることがわかった。

惣角は再び構えた。糸洲は今度は、自然体で構えていた。

琉球手の動きは変幻自在だ。両手両足を武器として使ってくる。しかも、受けてから攻撃に転ずるのがおそろしく早い。うかつには攻撃できないが、かといって受けに回ると、今度は破壊力にまかせた攻撃が飛んでくる。

琉球手の破壊力は確かに脅威だった。

(ならば……)

惣角は、じりじりと間合いを詰めていった。糸洲は、伊志嶺章憲がそうだったように、その場から動かない。

惣角は、剣で鍛えた打ち込みに賭けることにした。間合いを詰めることによって相手を威圧する。気力を充実させて相手をひるませるのだ。

それにより相手は、蛇に睨まれた蛙になる。そういう状態で打ち込まれた太刀は受けることもかわすこともできない。剣の世界ではこれを一の太刀と呼んでいる。一の太刀を鍛えに鍛えれば、二の太刀はいらないとまで言われる。

ほんの少しずつでも自分のほうから間合いを詰めることでそういう状態に持っていけるこ

とを惣角は知っていた。詰められることを嫌って先に手を出す相手もいる。それこそが餌食《えじき》だった。苦し紛れの攻撃には鋭さも気迫もない。合わせるのにもってこいなのだ。

糸洲は、動かない。

惣角は、間境に来るのを感じた。そこからわずかでも踏み出せば自分の技が届く。

糸洲はそれを知ってか知らずか、まだ動こうとしない。自然体で立っている。

惣角は、床を蹴った。剣で鍛えた鋭い踏み込みだ。前にあった右の手で拳を作りそのまま糸洲の顔面に飛ばした。糸洲が一歩でもさがったら一気に畳みかけるつもりだった。

糸洲の顔面がすっと消えた。同時に、惣角は、胸にしたたかな衝撃を感じた。体勢を崩して、後方に倒れそうになった。

糸洲は、さっと腰を落とし相撲の四股《しこ》のような立ち方になると、真半身のまま左の拳を胸に打ち込んできたのだ。その動きも伊志嶺章憲などに比べればごく小さかった。だが、充分な威力があった。

胸板を打ち砕くほどの威力ではない。だが、惣角の突進はその一撃で止められてしまったのだ。惣角は、なんとか踏みとどまった。鍛え抜いた粘りのある惣角の足腰だからこそ持ちこたえられたのだった。

糸洲が、鋭く腰を翻して右の拳を突き出そうとしているのが見えた。左の拳で惣角を止めておいて、とどめの右を見舞おうというのだ。

惣角は、琉球手の破壊力を思いぞっとした。その瞬間に、惣角の体が自然に動いていた。

糸洲の左手を捉えて、入り身になっていた。

肩から相手にぶつかるような感じだ。それでまず糸洲の右の拳を封じた。さらに、左の手首を返して投げにいった。

柔術ではどの流派でも見られる小手返し投げだった。惣角は投げに自信を持っていた。小さいころから相撲が得意だったし、父の惣吉から柔術の手ほどきも受けていた。だが、糸洲を投げることはできなかった。糸洲は、さきほどの相撲の四股のような立ち方を維持していた。道場の床に根が生えたような感じだった。

惣角は、小手返し投げがかからないので、無理やり足を掛けて投げにいった。それでも糸洲はびくともしない。惣角は、はっとして、糸洲から離れた。

次の瞬間、糸洲の額がかすめていった。糸洲は接近戦と見るや、頭突きを見舞ってきたのだ。

惣角が間合いを取った瞬間、糸洲は足刀を飛ばしてきた。横蹴りだった。かわすのがやっとだった。相手の攻撃に合わせて対《たい》の先、あるいは後の先を取るのが惣角の得意な戦いかただが、それができない。

糸洲の攻撃は、ごく自然な動きの中から飛び出してくる。しなやかで動きが小さい。ただでさえ合わせにくいのに、さきほどから惣角のほうが体勢を崩されてばかりいるのだ。惣角はあわてて大きく間合いを取り直した
糸洲は自然体で立っていた。惣角はつぶやくように言った。

「強いな……」

　糸洲は鋭い眼のままこたえた。

「刀や鉄砲に頼っているヤマトの侍《サムレー》が、素手でわれわれに挑むことが間違っているのだ」

　惣角は、その言葉の中にある反感と嘲《あざけ》りを感じ取って腹を立てた。

「ヤマト、ヤマトとうるさいな。ようし、そんなにこだわるのなら、今日から俺はヤマト流と名乗ってやろう。ヤマト流がおまえの言うとおりのものかどうか、目に物見せてやろうじゃないか」

　惣角は、糸洲と同じく自然体で立った。そのまま、すたすたと糸洲に近づいていく。糸洲は、余裕を持って鋭い蹴りを放った。正確に水月のツボを狙った短い蹴りだ。

　惣角は、それをぎりぎりでかわした。その瞬間、糸洲の体が惣角の体の脇をすり抜けて行く形になった。惣角は、咄嗟にその顎に前腕を引っかけた。

　すれ違いざまに顎をすくった形になった。たまらず糸洲は後方にひっくり返った。惣角はあまりのあっけなさに自分で驚いた。後は、体が自然に動いた。

　あわてて起き上がろうとする糸洲の手首を取ってまた投げる。一度、相手の体勢が崩れてしまうと後は惣角の思うがままだった。

　保科近悳に教わったことがすっかり身についているのだ。自由自在に得物《えもの》を扱うことを覚えれば、敵の体をも同じように自在に扱うことができるのだ。

　二度投げて、最後はうつぶせにさせて腕を決めた。そのまま、肘や肩を外してやることもできたし、腕を折ることもできた。惣角は、そうすることで力を誇示しようとしていた。

「そこまでにしてくれませんか」

穏やかな松村宗棍の声が聞こえた。「その糸洲は、大切な王府の役人です。怪我をされては私が国王陛下に顔向けができない」

惣角は、糸洲の腕を決めたまま、松村宗棍を見た。松村宗棍の表情は、その声と同様に穏やかで、かすかに微笑んでさえいた。

「俺の武術……。ヤマト流を認めるか？」

「もちろん。あなたが、わたしたちの手《ティー》を認めてくれるのと同様にね」

惣角はそのまましばらく松村宗棍を見つめていたが、やがて、決めを解いた。糸洲は、それまで詰めていた息をいっきに吐き出した。

「この男は強い。正直なところ、俺もかなり慌てさせられた。今日のところは五分の勝負ということにしておいてやろう」

惣角のこの強気な物言いにも、松村宗棍は柔和な表情を崩さなかった。

「けっこうですな。あなたもお強い。ヤマト流と名乗られるか。それもけっこう。だが、ひとつだけ気になることがある」

「なんだ？」

「最後の一手。あなたは、たいへんに高度なことをおやりになったが、あなた自身それに気づかれていないようだ」

「何のことだ？」

「やはりお気づきでない……。どうです？　それをお悟りになるために、しばらく私のもとで修行なさっては……」

惣角は、松村宗棍の真意がわからなかった。しばらくじっと考えていた。最後の一手とは何のことだろう。自分でやったことを思い出しても、松村宗棍の言おうとしていることがわからない。

惣角は言った。

「俺が何をやったというのだ？」

「私のもとにいれば、いずれおわかりになるかもしれない」

惣角はまた考えた。やがて言った。

「いいだろう。世話になろう」


武田惣角は、実際に、ヤマト流を名乗っていたことが伝えられている。大東の字をヤマトと読ませていた時期があった。それをダイトウに改めさせたのは、大正四年（一九一五年）に惣角の弟子となった吉田幸太郎だった。

また、大東の字は講道館の西郷四郎の発案だったと言われている。西郷四郎は、保科近悳の養子であり、保科が、四郎の発案によるこの大東の文字を惣角に使わせたようだ。

また、このとき惣角の相手をした糸洲という男こそ、現在の糸洲流の祖、糸洲安恒《やすつね》だった。

糸洲安恒は、中国年号道光《どうこう》十二年（一八三二年）に、松村宗棍と同じく首里の山川村で生まれた。和漢の学に長《た》け、首里王府の筆者（書記官）を務めた。

幼少の頃から松村宗棍に首里手を習い、奥義を悟ったと言われる。明治三十四年（一九〇一年）に、首里尋常小学校において、体育授業に「唐手《からて》」（現在の空手）が取り入れられた。それを指導したのが糸洲安恒だった。これが近代的空手普及の第一歩と言われている。明治三十八年（一九〇五年）四月より大正の初期まで、沖縄県立第一中学および、県立師範学校において、嘱託の唐手教師となり、空手中興の祖と言われている。

四

惣角は、伊志嶺章憲の家に滞在し、松村宗棍のもとに通いはじめた。それはたちまち首里の町で噂になった。ヤマトンチュが手《ティー》の道場に通っているのだから、沖縄の人々は心穏やかではない。

なおかつ、糸洲安恒と戦ったことも噂となり、尾ひれがついていた。いつしか、惣角は極悪非道の無頼漢のように言われていた。

惣角は気にしなかったどころか、むしろそれを歓迎していた。そういう噂が立てば、血の気の多い連中が闇討ちでも掛けてくるかもしれない。惣角にとっては琉球手相手に腕を磨くまたとない好機というわけだ。

この時代、空手は一般に広く行われていたわけではない。首里手、泊手、那覇手と三つの系統の琉球手があったが、それを学べるのは士族など限られた人々だけだった。

沖縄で空手が一般人にも普及していくのは、明治十二年（一八七九年）の廃藩置県の後のことだ。それでも、実際、夜道で惣角に勝負を挑むブサーたちがいた。

首里王府の若い官僚たちなのだろうが、惣角はことごとくその連中をやっつけた。それがまた噂となり、那覇から勝負を挑んでくる連中もいた。

那覇手というのは、首里手とはかなり趣が違う。首里手が自然な姿勢、自然な動きから技を繰り出すのに対し、那覇手は、体を固め、足をしっかりと踏ん張った姿勢から技を繰り出す。呼吸も、首里手が自然な呼吸をするのに対し、那覇手は力を込めた呼吸法を用いる。

その技は勇猛で、力に満ちている。しかし、惣角はそれも退けた。那覇からやってきた挑戦者の中に、若い日の東恩納寛量がいたかもしれない。このとき、惣角は十七歳。東恩納寛量は、七歳年上の二十四歳。血気盛んな時期だ。東恩納寛量とは、那覇手の達人であり、後に、剛柔流の開祖となる宮城長順《みやぎちょうじゅん》を育てた人物だ。

惣角は、松村宗棍の道場で習うことより、その帰り道に仕掛けてくる連中のほうを楽しみにしていた。実際、道場で習うことにはうんざりしかけていた。

松村宗棍は型を教えるだけだった。道場で琉球手を学ぶ人々も、型を繰り返すだけだ。剣術にも型はあった。しかし、剣術の型は必ず二人一組となって練習する。だが、琉球手の型は一人で稽古するのだ。

松村宗棍は、型の中にすべてがあると言う。だが、惣角はもっと実際的な稽古を好んだ。惣角が学んだ剣術は型よりも実際に打ち合うことを重視する竹刀剣術だった。

しかも、松村宗棍は、惣角自身がやったという高度なことについて何も教えてくれようとはしない。それがいつしか態度に表れるようになった。

松村宗棍がそれに気づかぬはずはない。ある日、惣角が章憲のやる型をぼんやり眺めていると、松村宗棍が庭のほうからやってきて、惣角に声を掛けた。

「稽古に熱が入らぬようですね」

「型をやる意味がわかりません」

「手の技はすべて型の中にあります」

「それを実際に使ってみないことにはわからんのです」

松村宗棍は、にこやかに言った。

「まあ、それはそれでいいでしょう。あなたには、ヤマト流の技がある。問題は、技を使うための術です。たしかに、型の中にある技を理解しても、それを使うための術を磨かなければ何の役にも立たない」

「術……？」

「そう。あなたは、無意識のうちに実に高度な術を使われた。夜の道でずいぶんとカキダミシをやっておられるようだが、昔からそういうことをなさっていたのかな？」

「カキダミシ？」

そばで聞いていた章憲がそっと教えた。

「野試合のことだ」

惣角はうなずいた。

「もちろん、ずいぶんとやりました」

「それでいつしか身につけられたのでしょう。しかし、それをまだ自覚されていない。それは実に惜しい」

「いったい、何のことです」

「そう、例えば……」

松村宗棍は拳を握った。「このくらいの力で突かれても、あなたはびくともしない」

その拳で軽く惣角の胸を突いた。惣角は、平気で立っていた。

「しかし、同じ力でもこうすればどうです？」

松村宗棍は、いきなり惣角の肩を強く押した。惣角は、体勢を崩した。そこをさきほどと同じように突かれた。

惣角は思わず尻餅をついた。

「同じ威力でも、相手の状態によって効き目が違う。それはわかりますね？」

惣角はぽかんとした顔で、松村宗棍を見上げていた。章憲やその場で稽古していた連中が慌てて集まってきた。松村宗棍じきじきの指導が始まったのだ。弟子としてそれを見逃すわけにはいかないのだ。

げてしまった。

「あなたは柔術をおやりになるようだ。こういう例ならもっとわかりやすいでしょう」

松村宗棍は、惣角の手を取り、立ち上がるのを助けた。と思うと、見事に小手を返し、投げてしまった。

惣角は声を上げる暇もなかった。

「さ、お立ちなさい」

松村宗棍は言った。「今度は投げられないように、踏ん張ってください」

惣角は言われたとおりにした。

「そうすると、ほら、いくら私が技をかけようとしても、かからない。私のにわか柔術ではどうしようもない」

松村宗棍は何とか、惣角の小手を返そうとするが、惣角の抵抗にあってどうしようもない。

「ところが、こうすれば……」

松村宗棍は、つかんだ手をある方向に引っ張った。一瞬、惣角の体勢が崩れる。その瞬間に松村宗棍はさきほどのように小手返し投げを決めた。惣角は見事に投げられたのだった。

「私のにわか柔術でも投げが決まる」

惣角は、やはり茫然と松村宗棍を見ていたが、やがて、その眼にいきいきとした光が宿りはじめた。惣角は、あることに気づきはじめた。それはまだはっきりとした形を取っていなかったが、惣角はそれに近づきつつあった。

「あなたは、あのとき、糸洲君に向かって、自然に歩いて近づいた。さあ、立って。私があのときのあなたと同じことをやってみよう」

惣角は立ち上がると、松村宗棍は自然に歩いて惣角に近づいた。惣角はあわててあとずさった。だが、松村宗棍が近づくほうが早かった。

「誰しも、後ろ向きに進むより前に歩むほうが早い」

そう言いながら、松村翁は、ごく自然な動きで拳を出した。それを胸に食らった惣角はまたひっくりかえった。

「さ、打たれるのが嫌なら、反撃してごらんなさい」

惣角は立ち上がり、さっと大きく間合いを取った。

(俺は今、松村宗棍と戦っているのか……？)

惣角は思わずそう自問していた。これまで、これほど簡単に頂点に立つ人間が相手をしてくれた道場はなかった。

惣角は、これはまたとない好機と思った。自分の技がどれほど松村宗棍に通じるか試してみることにした。

松村宗棍が、さきほどと同様に歩いて近づいてくる。惣角は、相手が自分の間合いに入ったと思った瞬間、打ち込もうとした。

だが、そのときにはもう、松村宗棍の拳を目の前に突きつけられていた。それだけで体の力が抜けた。胸を拳で突かれたと思ったら、抵抗のしようもなく尻餅をついていた。

惣角は、さっと立ち上がり、また間合いを取った。今度こそ松村宗棍に攻撃を加えてやる。

彼は思った。

きっと、今は仕掛けが遅かったのだ。もっと早く攻撃を仕掛ければ……。

松村宗棍は、同じように歩いて近づいてきた。惣角は、飛び込んで一撃を加えようとした。

だが、また同じことが起きた。目の前に拳を突き出され、惣角は何もできなくなった。

不思議だった。実際に顔面を打たれているわけではない。なのに、身動きが取れなくなる。

「素手では納得がいかんかもしれないな……」

松村宗棍は言って、道場の奥から一振りの木刀を取り出した。「これは私が示現流の修行に使った木剣だ。これで打ち込んでくるといい」

惣角は、得物を持てばこっちのものだと思った。松村宗棍は、惣角の剣術の実力を知らない。惣角は、木刀を手に取り、構えた。

松村宗棍はやはり自然体で立っている。そして、木刀を持つ惣角に向かってやはり、すたすたと歩いて近づいた。

惣角は、打ち込もうと振りかぶった。その瞬間にやはり宗棍の拳が顔面に突きつけられていた。それでもう太刀を振り降ろすことができなくなっていた。松村宗棍は惣角の脇をまっすぐにすり抜け、襟首をつかんで引いた。

惣角は、またしても転がされてしまった。今度は起き上がらなかった。何をしても同じことが起きる。惣角はついにあぐらをかいて考え込んでしまった。

松村宗棍はにっこりと笑っていた。

「くやしいですか？」

惣角は顔を上げた。

「ああ。くやしい」

「糸洲君もくやしかったでしょうね」

「何だ？」

「あのとき、君は、同じことをやったのです。挑発されて頭に来たのでしょう。すたすたと糸洲君に近づいていった。糸洲君は何もできなかった」

惣角は、松村宗棍の顔を見つめていた。

「どんなに鍛えても、相手に抵抗できない瞬間がある。いや、君の場合は鍛えているからこそ、抵抗できなかったというべきか」

「鍛えているから抵抗できなかった？」

「君の体が反応してしまうのです。支那では、気という言い方をします。だが、難しいものではない。目の前で手を打たれれば誰でも眼をつむる。それと同じことです。押されれば咄嗟に引きたくなる。引かれれば咄嗟に押したくなる。それを利用するのです。瞬時に、その押しと引きを入れ換える。すると、君の体がどちらに反応していいかわからず、動けなくなってしまうのです」

惣角の中で、さきほど浮かんだもやもやとしたものが次第に形になりはじめた。

「投げのときも同じだったのですか？」

「そう。君がしっかりと踏ん張っているときは、私が押しても引いてもびくともしなかった。だから、私はひょいとその意識をそらしてやった。そうしたときに、君の体勢は崩れ、私は投げることができたのです。支那ではね、手に小鳥をのせる訓練をする人もいるという。小鳥が飛び立とうとする瞬間、足で蹴って飛び上がるのです。その瞬間に、手をさっと下げてやる。そうすると小鳥は絶対に飛び立てない。ずっと掌にのったままだそうです。気を合わせるのですよ」

「気を合わせる……？」

「そう。わたしが歩いて近づいて行くと、君は何とか攻撃しようとする。その瞬間にひょいとそれを抑えてやる。すると、その瞬間、君は押すことも引くこともできなくなる。それこそが術です。術が身につけば、技は何を使おうが決まる。投げでも突きでも固めでもね……」

惣角の中で、きわめて重要な感覚が育ちつつあった。気を合わせる。それこそが、武術の最も重要な要素であるような気がした。

体を鍛えるのも重要だ。技の速さを鍛え、技の強さを鍛える。それが大切なのは言うまでもない。だが、その技が相手に決まらなければ役に立たない。

惣角は、自然に正座をしていた。

「ここに好きなだけ通ってくるといい。ただし、カキダミシは少し遠慮してもらいたいな」

そう言うと、松村は悠然と庭の向こうに去っていった。他の弟子たちは、ただ無言で立ち尽くしていた。滅多に見ることのできない松村宗棍の奥義に触れたのだ。あまりのことに、ただそうしているしかないのだ。

珍しいことに、惣角はその後ろ姿に向かって、深々と礼をしていた。


武田惣角が、九州、沖縄を武者修行して歩いたのは、西南戦争終了後の明治十年（一八七七年）から十三年の間だった。

その間に、ハワイまで行ったという説が残されているが、それは無理だったろう。沖縄の南国の風情を惣角が誰かに話し、それが誇大に伝えられた結果、そういう説が生まれたのだろう。

今ではすっかり変わってしまったが、当時の首里手は、かなり自然な歩法を重要視していたようだ。糸洲安恒は、遺稿に、次のように書き記している。

「唐手は、儒仏教より出候ものに非ず、往古昭林流、昭霊流という二派支那より伝来したるものにして、両派各々長ずるところありて其の儘《まま》保存して潤色を加ふ可らざるを要とす……（以下略）」

ここでいう昭林流が首里手と泊手であり、昭霊流というのが那覇手のことだ。つまり、首里手、泊手と那覇手にはそれぞれ良いところがあるのだから、混同してはいけないということだ。

そして、首里手は特に自然な動きを重視したと言われている。現在の競技空手の世界では、そういう味わいは失われた。糸洲安恒翁は草葉の陰で地団駄を踏んでくやしがっているかもしれない。

ただ、その当時の首里手の歩法に近いものを垣間見ることはできるかもしれない。現在、『本部御殿手《もとぶうどんて》』という技を伝えると主張している一派がある。その流派の練習方法はたいへん珍しく、多人数が武器を持ってかかってくるところへ、すたすたと歩きながら近づいていく。そうして、すべての敵を歩きながら制してしまうのだ。

もしかしたら、空手から失われた首里手の歩法をこうした形でよみがえらせたのかもしれない。

五

惣角は、ある観点から自分の武術をすべて見直すこととなった。大切なのは崩しだった。つかみ合ったときも、離れて対峙したときも、相手を崩すことが何より大切だ。でなければ自分の技の力を発揮することはできない。

逆に、崩しさえすれば、小さな力で相手を制することができるのだ。そして、崩すときに大切なのは、相手が意識する力の方向を狂わせることだ。

走り出そうとしたところに足を掛けてやるようなものだ。

それを、松村宗棍は支那の言葉を引用して「気を合わせる」と言った。

惣角は、ひとつの悟りを得た。

気を合わせることができれば、簡単に相手を制することができる。保科近悳から学んだ御式内も、そう考えると新たな意味を持ちはじめた。ただ力まかせに相手の関節をひしぐのではない。気を合わせて相手を一瞬脱力させる。その瞬間に技を決めるのだ。それが、何より大切なことだったと気づいたのだ。

「気を合わせる……」

惣角はつぶやいていた。後にそのひとつの悟りは合気として完成していく。合気道の合気だ。

惣角は、もう一度保科近悳から御式内を習う必要を感じた。わずかに手ほどきを受けたにすぎない。今度は、本格的に習ってみたかった。

首里城に伝わる首里手がこれほどのものなのだから、会津に伝わる御式内も奥が深いに違いない。惣角はそう考えたのだ。

沖縄の滞在は実り多いものだった。惣角はやがて、松村宗棍や伊志嶺章憲に別れを告げて、沖縄を離れる。

別れるときに、惣角は伊志嶺章憲に言った。

「沖縄の手《ティー》が、これからの武術だとおぬしは言ったな」

「そう考えている」

「俺のヤマト流もそう言えるものにするつもりだ。おぬしに会えてよかった」

「わたしもだ、惣角」

惣角は旅立った。目指すのは故郷の会津だ。保科近悳に会って、御式内を学ばねばならない。そして、合気の観点からそれを見直してみるのだ。

那覇の港を船が出るとき、惣角は甲板から島を眺めていた。色濃く繁る緑。そのはるかなたに首里城の赤い瓦が見え、惣角はいつになく淋しげな面持ちになっていた。

第七章

一

東京の街は人であふれていた。

会津から出てきたばかりのときは気後れしたものだが、今の惣角は平気だった。まるで洋行帰りのような気分でいた。

東京は、常に生まれ変わろうとしているかのようだ。訪れるたびに景色が変わっている。だが、今惣角がいる神田の町は昔ながらの面影を残していた。

江戸時代に最も賑わったのが、この神田だ。今も変わらない。神田川から向こうの高台のほうには、新しい建物が次々とできている。その多くは政府の施設や学校だ。しかし、神田川からこちらの、須田町だの、鍛冶町、紺屋町だのといった界隈《かいわい》はそれほど変わっていない。

惣角は、万世橋《よろずよばし》そばの須田町あたりの湯屋で旅の垢《あか》を落としたいと思っていた。すでに、直心影流の榊原鍵吉への挨拶は済ませていた。榊原鍵吉は、今でも撃剣興行を行っていた。本人は武芸普及のためと考えているのだが、市井の人々は見世物としか考えていないようだった。

榊原鍵吉は、また撃剣興行に出てみないかと言った。惣角にはその気はなかった。東京にいる間は鍵吉の家に世話になり、道場で稽古もするつもりだったが、東京に長居するつもりはない。

惣角は、都々古別神社の保科近悳を訪ね、御式内を改めて正式に習おうと考えていた。東京へは、その帰途に立ち寄ったに過ぎない。

東京では鍵吉の思惑とは異なり、武術は復興の兆しをなかなか見せなかった。見世物としてはもてはやされるものの、自分から武道を学ぼうという者はごく少数だった。

榊原鍵吉の屋敷を訪れた折、自然と話はそうした方面に及んだ。そのとき、惣角は面白い話を聞いた。

「こんなご時世だがな、なかなか頼もしい若者が東京にもおる」

鍵吉が言った。「年は、そう、おまえと同じくらいだな。ふたりの書生がこのところ町で話題になっている。人々は時代錯誤と笑うが、私は見どころがあると思っている。彼らはともに柔術を学んでいる。惣角、おまえもそうだが、私はああいう若者がいてくれれば、日本国の武道の火が消えることはないと思う」

「そのふたりというのは、何者です？」

「ひとりは星野《ほしの》慎之輔《しんのすけ》。本銀町《ほんしろがねちょう》の大島道場で柳生心眼流を学んでいる。もうひとりは嘉納治五郎という。東京大学の書生で、お玉が池の磯又右衛門道場で天神真楊流を学んでいる。

ふたりとも変人で通っているが、この嘉納治五郎という書生は面白い。朴《ほお》の一本歯の下駄をはき、編笠をかぶって、先折れ槍をついて歩いているという」

「嘉納治五郎か……」

惣角はどんぐり眼をさらに丸くした。

「知っておるのか？」

「都々古別神社で会いました」

「頼母殿のもとでか？」

「そうです」

「そうか。奇遇……、というより運命であろうか。あるいは頼母殿のお人柄だな」

あの嘉納治五郎が、東京で柔術をやっている。惣角はそう思うとなぜかひどく落ち着かない気分になるのだった。

　榊原鍵吉が言ったふたりのうち、嘉納治五郎は誰もが知っている講道館柔道の創始者だ。当時、彼は東京大学の学生で、明治十年（一八七七年）にまず、天神真楊流の福田八之助に師事した。福田八之助が亡くなり、嘉納治五郎は、同門三世の磯又右衛門正智の道場に移った。

　星野慎之輔は、後の柳生心眼流八世・荒木天知だ。

天神真楊流・磯又右衛門道場があったお玉が池も、柳生心眼流・大島道場があった本銀町も、ともに現在の神田駅のそば、今川橋という交差点の近くだった。今川橋というのは今では地名として残っているにすぎないが、当時は川にかかる本当の橋だった。その川沿いに本銀町の一丁目から四丁目が並んでいた。ちょうど神田と日本橋の境に当たる。

神田川の万世橋から今川橋までの須田町、通新石町、鍋町、鍛冶町と続く通りは、当時神田で一番の大通りだった。現在の中央通りだ。その下を今は営団地下鉄銀座線が通っている。

惣角は今、その大通りを歩いていた。大八車や馬車が行き交い、商人たちがいそがしく立ち働いている。須田町をぶらついていた惣角は、ふと、人々が慌ただしく駆けていくのに気づいた。

「喧嘩だ、喧嘩だ」

誰かが叫んだ。火事と喧嘩は江戸の華という心意気は失われてはいない。通りを歩いていた人々はすぐさま野次馬と化した。惣角もその人込みのほうに足を向けた。

「やくざ者と書生の喧嘩だ」

野次馬が言った。別の男がそれにこたえる。

「ただの書生じゃねえ。ありゃ、嘉納治五郎だ」

二

琉球を後にし、再び九州の地に戻った武田惣角は、そのまま故郷の会津を目指そうとしていた。明治十二年（一八七九年）のことだ。薩摩の港からその日の宿を探して街に出ると、惣角はおやと思った。

竹刀を手にした子供が談笑しながら通りの向こうを歩いていく。

文明開化と世の中が浮かれ騒ぎ、武道は見る影もなく衰退していた。しかし、この頃、にわかに剣術が復興しつつあった。西南戦争が終結して警察の取り締まりが少しばかり緩んだせいもあったろう。だが、維新以来の過熱ぎみだった西欧文化の波に、人々が飽きてきたことが大きな原因だった。

文明開化や西欧化は、民衆にとっては流行でしかなかった。

武道の復興は、やはり質実剛健を重んじる士族の国、九州で始まった。惣角は、それを肌で感じ取ったのだ。西南戦争が終わったばかりのときは、修行する道場もないありさまだった。それから一年ほどしかたっていないが、たしかに状況は変わりつつあった。

九州各地では剣術の道場が息を吹き返しつつあった。惣角は気分が昂《たかぶ》り、再び九州の地で武道修行を始めてしまった。この時期惣角が修行したのは主に剣術だった。

明治十三年（一八八〇年）には、熊本の坂田道場で槍術を習った。このとき、真槍を持った十人を相手にして真剣勝負をやり、前歯二本を失ったと言われている。

この頃ある修験者と出会い、感じるところがあって、宮崎県日南市の鵜戸《うど》明神に赴いた。さらに、山にこもって密教修行をした。

惣角がようやく故郷への旅に出たのは、その後のことだ。東京へやってきたのは、その年の秋のことだった。

三

小柄な惣角は、野次馬たちが邪魔になって前が見えない。惣角は、人をかき分け、最前列までやってきて初めて喧嘩の現場が見えた。

惣角は「お」と言って、そのまま口を開いて嘉納治五郎を見つめた。

すべてが西洋化していこうとする東京の街で、たしかに嘉納治五郎の風体は異様に感じられた。

髪は伸び放題で、何の手入れもされていないからひどくむさ苦しく見える。袴も着物もよれよれだ。噂通り編笠をかぶっている。修行僧がかぶるような平たい笠だった。とても、東京大学に通う学生には見えない。

相手のやくざ者は三人。どうやら、やくざ者のほうから因縁をつけてきたようだ。書生風情が街中の噂になっているのが面白くなかったのだろう。

また、東京大学に通う青瓢箪《あおびょうたん》がいくら柔術をやっても実戦には役に立たないというやくざ者のプライドがあったのかもしれない。

嘉納治五郎は、どちらかというと小柄なほうだ。やくざたちはすっかり治五郎をなめてかかっている。

惣角は、治五郎の腕がどの程度のものか、じっくりと見てやろうと思った。

「書生っぽ。あまり粋がってると、痛い目に遭うってことを教えてやろう」

兄貴分らしいやくざが言った。

「別に私は粋がってはいない」

「やかましい。おい、世の中ってものを教えてやれ」

兄貴分に言われて、下っ端の一人が前へ出た。小柄な男だった。

その三下は、にやにやと笑っていた。彼は、野次馬の前で喧嘩するのが楽しくて仕方がないという顔をしていた。

この時期、世の中の移り変わりはやくざ者にも多大な影響を与えていた。それまで、奉行所は、町の親分衆を市中の管理に利用していた。同心から十手を預かる親分衆が、ごろつきたちの管理・牽制を引き受けていたのだ。

また、浅草あたりの興行はやくざ衆が一手に仕切っており、それなりの仕組みで機能していた。

だが、明治政府による区画整理などの名目で、やくざたちはシノギを失い、縄張りを奪われていた。職を失った下級武士の中にもやくざ者に身を落とす者がいた。文明開化という変革からはみ出した者は、行き場を失いすさんでいた。

この三人も世の中を恨む者たちに違いなかった。新しくできた大学は、文明開化の象徴でもある。そこの学生に大きな顔をされるのが我慢ならないのだ。

小柄な三下は、治五郎の前に歩み出て、着流しの裾を捲《まく》った。肩をそびやかし挑発する。

嘉納治五郎は、仁王立ちのままその三下を睨んでいた。

（喧嘩慣れしたやくざどもに、道場で学んだ柔術がどこまで通用するかな？）

惣角は、心の中でそうつぶやいていた。

小柄な三下が、地面を蹴って突進した。治五郎の顔面に右手の拳を飛ばす。

治五郎は、わずかに左足を移動し、体を開くと、突っ込んでくる相手の足を払った。

（うまい……）

惣角は思った。（今の間はよかった）

三下はもんどり打って地面に転がった。だが、それが、かえって怒りを募らせることになった。

「野郎！」

三下は、跳ね起きた。慎重になり、今度は無謀に突っ込もうとはしなかった。じりじりと間を詰めて、殴り掛かる隙を見ている。

治五郎は、間を詰められても後ろにさがろうとはしなかった。

小柄な三下が罵声を上げて殴り掛かる。治五郎は先程とまったく同様に、わずかに転身し、左の拳で相手の脇腹に当て身を食らわせた。

「あ……」

三下の動きが一瞬止まる。治五郎は、相手の右手を取り、巻き込むように投げた。きれいに決まった。

地面に叩きつけられた三下は、起き上がってこようとはしなかった。

道場の畳や板とは違い、地面は衝撃を吸収してくれない。投げられた衝撃は半端ではない。

（やるじゃないか……）

惣角は、どこか苦々しい気分だった。書生ごときが、という気持ちが彼にもあった。

二人目の手下がうっそりと歩み出た。こちらは巨漢だ。体重は、治五郎の倍はありそうに見えた。

さすがに治五郎の眼に緊張が見て取れた。巨漢のやくざ者は、威圧するようにやや前傾姿勢で治五郎に近づいた。

治五郎はじりじりとさがった。

（さがるな！）

惣角は思わず心の中で舌打ちしていた。（相手がでかいときほど、さがったら勝てない）

巨漢は、充分に間を詰めると、いきなり殴り掛かった。松の根のように太い腕だ。治五郎は、やはり転身して当て身を見舞った。その間合いや合わせの間は先程同様申し分なかった。

すぐさま投げにいく。しかし、相手は大地に根が生えたようにびくともしなかった。

逆に脇をすくわれ、投げ出されてしまった。どうやら、巨漢は相撲の心得があるようだ。

投げられた治五郎は見事な受け身を取ってすぐさま起き上がった。

そこへ、巨漢は突進した。治五郎が身構える前だった。さすがに喧嘩慣れしている。

治五郎は襟首をつかまれた。反射的に腰を落とす。投げられまいとしているのだ。そうするとさすがの巨漢もおいそれと投げることはできなかった。

治五郎は反撃に出ようとした。なんとか足を掛けて投げようとする。今の柔道でいう大外刈りのような技だ。

しかし、技はかからない。力では相手にはかなわない。最初の三下のように、小柄な相手ならば、力でも何とかなった。だが、今度はそうはいかない。

治五郎は腰を落とし、右手を絞ってしきりに力を込める。だが、体勢が崩れてしまっていた。

（あれではだめだ……）

惣角は思った。

惣角は、書生などやられてしまえばいいと思っていた。しかし、見ているうちに、苛立ちを覚えてきた。

なぜかはわからない。当初、第三者の眼で治五郎の実力を測ってやろうと考えていた。しかし、いつしか治五郎の側に立って見ていたのだった。

力を込めた分だけ無理な体勢になった。腰が折れ、体の中心線が崩れている。

そうなると、喧嘩慣れしており、相撲の心得がありそうな巨漢が有利だった。今度は上手投げのような恰好で投げられた。

治五郎は再びきれいに受け身を取って起き上がった。

巨漢がまた襲いかかる。

「そこだ！」

惣角は我知らずのうちに声を出していた。

「今が勝負だ」

治五郎は、はっと相手の巨漢を見た。

両手を突き出して迫ってくる。治五郎の体勢はまだ整っていない。逃げることも前へ出ることもできない。

巨漢がつかみかかった。

治五郎は押しつぶされたように見えた。巨漢が小柄な治五郎に覆いかぶさる。次の瞬間、巨漢の体が宙に舞っていた。

野次馬たちがどよめいた。

巨漢の体は大きく弧を描き、腰から地面に落ちた。

(真捨て身か……)

惣角はかっと目を見開いていた。

治五郎は進退きわまって、捨て身技に出たのだ。真捨て身技。現在の柔道でいう巴投げだった。

投げた治五郎も一瞬茫然としている。

巨漢は、大技で地面に叩きつけられ、弱々しくもがいている。兄貴分は立ち尽くしていた。

おそらく、巨漢を当てにしていたのだろう。その弟分がやられてうろたえているのだ。

治五郎は、最初に投げた小柄なやくざ者を睨んだ。牽制したのだ。ようやく起き上がったばかりの小柄な男は、こそこそと兄貴分のそばに近寄っていった。

「くそっ」

兄貴分は言った。「この借りはきっと返すからな」

二人で巨漢を引き起こすと、彼らはその場を去っていった。

治五郎は三人が通りの向こうに消えるまでじっとそちらを睨んでいた。やがて彼らが見えなくなると、へなへなとその場に座り込んでしまった。

野次馬たちが一斉にはやし立てた。書生が三人のやくざ者を手玉に取る。これは、胸のすく見世物だった。

だが、治五郎にとってはそれどころではなかったようだ。彼は、人目もはばからず惚《ほう》けたように地面に座っていた。

野次馬たちは散っていった。だが、惣角はその場に立ったままだった。

やがて、治五郎はのろのろと立ち上がった。精根尽き果てたという風情だ。それだけ緊張していたのだろう。

振り返った治五郎は、そこに立っていた惣角を見た。一瞬、怪訝《けげん》そうな顔をする。まだ、心が現実に戻ってきていないようだ。

惣角は、治五郎は喧嘩に向かないと見て取った。まじめな武術の修行者かもしれない。だが、戦うことが好きでたまらない惣角とは違うタイプの人間だった。

惣角は言った。

「見事な真捨て身だった」

ぼうっとしていた治五郎が、はたと思い当たったように言った。

「君はたしか、都々古別神社の……」

「神官見習いをしているときに会ったな。あれからいろいろあった」

「そうか……。さっき、声を掛けてくれたのは、君か？」

「そうだ。見るに忍びなかったのでな」

「面目ない……」

治五郎は恥じ入るように言った。「路上の喧嘩など……」

「武道は戦うためのものだ。戦ったことを恥じることはないだろう。そして、間違いなく、あんたは勝った。どうして勝ったことを誇らない？」

治五郎は、不思議そうに惣角を見た。

「武道は喧嘩の道具ではないよ」

「喧嘩にも役立たないものなら、やる価値はない。戦というのはでっかい喧嘩だ」

「もう、武士の戦の世ではない」

惣角は口をへの字に結んでじっと治五郎を見つめた。治五郎はたじろいで言った。

「どうした？　私が何か変なことを言ったか？」

「俺は、西郷さんの戦に加わろうと肥後まで行った」

「この間の戦争のことか？」

治五郎は驚いて惣角を見つめた。

「あんたが今言ったことは本当かもしれない。武士たちが平民の軍隊に負けた。だが、俺は武士としての生き方しか知らない。西郷さんに言われた。新しい世で強くなれ、と……。それが、どういうことなのか、まだはっきりとわからずにいる」

「西郷隆盛に会ったのか?」

「会った」

治五郎は、たちまち惣角に興味を覚えたようだった。

「思えば、都々古別神社では失礼をした。その詫《わ》びも言っていない。どうだ? これから付き合わんか?」

「付き合う?」

「酒でも酌み交わしながら話をしたい」

「俺は酒を飲まん」

「そうか。なら、飯でも食おう。この先によく行くそば屋がある」

惣角が迷っていたのは一瞬のことだった。彼はうなずいた。

「よかろう。行こう」

明治になると、さまざまな食べ物屋が増えた。西洋料理の店が次々とできたし、それにともない、牛肉などを食わせる料理屋が出始めた。しかし、それはまだまだ庶民のための飲食店ではなかった。

庶民は昔ながらの店で飲み食いをしている。江戸時代には、居酒屋のような店は少なかった。寿司屋は、今でいうファーストフードのような存在で、人々が酒を酌み交わす場所はもっぱらそば屋だった。

治五郎は、いかにも神田の暮らしが長いといった様子で、さまざまなものを注文した。惣角は、妙にかしこまった様子で座っていた。二人は、小上がりで向かい合っていた。

治五郎は、見かけによらず旺盛な食欲を見せた。毎日、磯又右衛門道場に通って激しい稽古をしているのだ。食べても食べても足りないに違いない。

「どうした?」

治五郎は惣角を見て言った。「何をそんなにしゃちほこばっているんだ?」

「俺は江戸のそば屋など、あまり入ったことがない」

「気にすることはない。周りを見てみろ。ここは庶民が飲み食いするところだ」

「だから、入ったことがないんだ」

治五郎は、気づいた。

惣角は、田舎者であることを恥じているわけではない。武士であることにこだわりを持っているのだ。

「武田さん……」

「惣角でいい」

「ならば、そう呼ばせてもらおう。惣角、明治という時代はな、いろいろ問題もある。例えば、行き過ぎた西洋かぶれだ。なんでもかんでも西洋風がいいとされる。だが、私は西洋がすべてにおいて優れているとは思っていない。例えば、武道だ。日本の武道は世界に自慢できるものだ。そう思うから、私は洋装をしない。この恰好は、私の気持ちの表れだ」

「何が言いたい？」

「文明開化のすべてが正しいわけではない。しかしな、いいところもある。士農工商がなくなったことは、この国の大きな前進なんだ」

「それによって、俺たち侍は生きる術を失った」

「侍の身分がなくなったというだけのことだ。武道が死に絶えたわけではない」

「そこだ」

惣角は、丸い目を見張って治五郎を見つめた。「俺がずっと考えているのは、そこのところだ。武道とは武士《もののふ》の道。つまり、侍の道だ。武士がいなくなって、何の役に立つというんだ」

「武道は役に立つ」

「どういう役に立つ？　帯刀は法律で禁止された。武士から刀を取り上げるということは、魂を取り上げるということだ」

「きれいごとを言うな、惣角。幕末の頃には江戸の浪人で、真剣《ほんみ》を差して歩いているやつなどほとんどいなかったと聞いている。金に困って刀を売り、皆、竹光を差していたそうじゃないか」

「会津藩士は違った」

「まあいい。私が考えるに、武道というのは優れた技術だ。例えば、警官や軍隊の兵士が武道を学べば世の中を平定する役に立つ」

惣角は、沖縄で伊志嶺章憲が言っていたことを思い出していた。伊志嶺章憲も、日本の軍隊や警官が沖縄の手《ティー》を学ぶことの有用性を説いていた。

「そんなに簡単にいくものか」

「それにな。私はこう考えている。武道は身体のみならず、心を鍛えるにも役に立つ。つまり、青少年の育成のために最適なのだ」

「町民には武道は無理だ。なまはんかな覚悟で身につけられるものではない」

治五郎は、いささかむっとした表情をした。理想主義者独特の直情さがある。

「私も昔で言えば町人の子だ」

「だから言っている」

「私に武道は無理だと言いたいのか？」

「俺の考える武道を身につけるのは無理だな」

「私は、この三年間、嵐の日も休まず毎日、磯先生の道場に通い続けた。多くの技も覚えた。体力もつけた」

「だが、無理だ」

「なぜだ？」

「あんたには、人は殺せまい？」

治五郎はぐっと言葉を呑んだ。

「殺す覚悟がない。いいか？　武士は死ぬ覚悟を教えられる。それはなぜか知っているか？　相手を殺すためだ。武士は武士と戦う。そのときに、相手も自分同様に死ぬ覚悟ができているものと考えるのだ。そのための死ぬ覚悟だ。つまりは、相手を殺す覚悟なのだ。それがないから、やくざ者風情との喧嘩を恐ろしがる」

「私は、恐れていたわけではない……」

その治五郎の言葉は歯切れが悪かった。

「殺す覚悟、死ぬ覚悟がないから及び腰になる。及び腰になるから、技が決まらぬ」

治五郎は、はっと顔を上げた。

「技が決まらないのは、覚悟のせいだと言うのか？」

「そうだ。武道の神髄は紙一重の見切りだ。そして、一撃で相手の息の根を絶つ気迫だ。それなくして小手先の技は決まらない」

治五郎は、急に元気をなくした。眼をそらし、自分の手もとを見つめている。

「町人に武道の奥義は悟れないというのか……」

「俺は、武道のために文字通り命を懸けてきた。道場の稽古だけではない。果たし合いもやった。ごろつき相手の喧嘩もやった。西郷さんのもとを去ってからはな、肥後、薩摩と回り、武者修行をしたんだ。そして、琉球手と戦いたくて、琉球へも行った。そして、ようやくヤマト流を名乗るに至った。武道とはな、そうして身につけられるものだ」

治五郎は、じっと考えていた。やがて、眼を上げて惣角を見つめると、深刻な表情で話しはじめた。

「実を言うとな、惣角。私は悩んでいた。私は三年もの間、毎日真剣に稽古を続けた。足腰が立たなくなるまで稽古をすることもしばしばだ。なのにわからぬことがある」

「何だ？」

「目録はちゃんとこなしている。鍛練もやっている。だが、うまく投げが決まらない。ひしぎ技も簡単に返されてしまう。いくら力をつけてもだめだ。だが、師範たちはいとも簡単に投げを決め、ごく小さな動きでひしぎ技を決めてしまう。それがわからない」

「一朝一夕にできるものではない」

「合理的に考えればできるはずなのだ。私は、そのことを師範に尋ねてみた。そうすると、こう言われた。それこそが秘伝なのだ、と……。秘伝を悟るには長い年月が必要だ。だから、精進せよ。師範はそう言うだけだ」

「師範の言うことは正しい」

治五郎はかぶりを振った。

「秘伝というのは、純粋に技のためにあるわけではない。他のものを守るためにあるのだ」

「他のもの？」

「そうだ。武道の流派とか、武士の身分だとか、そういったものだ」

「あんたは、おかしな考え方をするな……。やはり、大学とかいうところに通うとそうなるのか……」

「私はおかしな考え方をしているわけではない。武術を新しい世の中に役立てるために、必死で考えているのだ」

惣角は、この言葉に反応した。

「何をどう考えているのだ？」

「さっきも言ったとおり、私は武術、とりわけ、柔術を青少年の育成に役立てたいと考えている。西洋の言葉ではスポーツという。体練を通じて精神を養うのだ。そのためには、誰でもが学べる体系が必要だ。秘技だ秘伝だといっている要素も、分析して考え直さなければならない」

惣角は、ぽかんとした顔で治五郎を見ていた。治五郎のような考え方をする人間と話したことがない。すっかり戸惑ってしまったのだった。

「秘伝を分析する……？」

「そうだ。天神真楊流の柔術を例にとってみよう。私が師範と組み合っているとする。私が投げを打とうとしても、なかなか決まらない。師範の足に根っこが生えているようだ。だが、師範が私を投げようとすると、簡単に決まってしまう。使っている技はいっしょだ。私のほうが若くて技も速い。なのに、私の技が決まらない。それがなぜなのかわからない。単に経験の差というのではない。師範がやることと私がやることの差。これを練習に組み込まなければ、これからの世の武道とは言えない」

惣角はすっかり驚いてしまい、反論もできなかった。

惣角にしてみれば、武道にこれからの世も、これまでの世もないはずだった。武道は武道として存在する。

それは極めるものであり、分析するものではなかった。

だが、西郷隆盛に言われたことがずっと頭にひっかかっていた惣角には、治五郎の言葉にただ反発を覚えるのではなく、ひょっとしたら自分にはない利点があるのではないかと考える素地があった。

治五郎はぐっと身を乗りだしていた。

「なあ、惣角。君ほど武道を極めた者ならわかるんじゃないか？　私と師範の違いが……」

「師範が秘伝というのなら、秘伝なのだろう。俺にはそうとしか言えない。第一、俺は天神真楊流などやったことがない」

「それが古いというのだ。これからは、流派だ流儀だと言っていてはだめなのだ。柔術は、流派ごとに技を隠していたのでは発展しない。ひとつの大きな流れにならなければならない。そう。柔術そのものが理《ことわり》を持った道にならなきゃ……。そうだな、柔道とでも言おうか……」

惣角は目を瞬《しばたた》いた。

こいつはでかいことを考えている。治五郎の言ったことがすべて理解できたわけではないが、惣角はそう感じていた。

「柔《やわら》の道か……」

「そう。それは、日本国民全員の心身に役立つものでなくてはならない」

惣角はぽかんとした顔のまま、言った。

「俺には、そういうことはわからん」

「じゃあ、君にわかることを考えてくれ。私があの大きな男を相手にしていたときだ。私は完全に自分を見失っていた。投げ技を掛けようとしたが、どうしても掛からなかった。だが、君に声を掛けられたときは違った。今だ、と言われた瞬間、何も考えずに動いた。そうしたら、真捨て身が決まっていた。あれはどういうことなんだ？」

「どういうことも何も……」

惣角はこたえた。「あれが術の間だ」

「術の間？」

「剣で言えば対《たい》の先を取ることだ。相手が仕掛けてきた瞬間にこちらも攻める。同士討ちのような間だが、位を取ればこちらが勝つ。技は決まらなければ意味がない。その技を決めるのが術だ。その術の部分は、どの流派でも秘伝、奥義とされている」

「位を取るというのはどういうことだ？」

「簡単に言えば、常に相手を圧倒することだ。相手の自由にさせないことだ」

「どうやってやるんだ？」

「それは、口ではなかなか説明できない。長年の修行の末に己《おのれ》で悟るものだ」

「己で悟れるものなら、それを説明できるはずだ。説明する工夫をしないのは、武道家の怠慢だ」

「たまげたやつだな。そんなことを言うやつには初めて会った」

「できるかぎりでいい。説明してみてくれないか」

惣角は、試されているような気がしてきた。そうなると、負けん気の強い惣角は、なんとかしたいと考えはじめる。

「そうだな……」

惣角は、これまでの戦いを思い出しながらつぶやいた。「まず大切なことは、引かないことだ」

「引かないこと？　だが、引かなければやられてしまうこともあるだろう」

「それでも引かない」

「わからんな」

「さがるときは、相手を引き込むのだ。引くのではない」

いかにも聡明そうな治五郎の眼が輝いた。惣角の一言で何かを感じ取ったようだ。

「そうか……。つまり、位を取るというのは、常に己の思うがままに戦うということだ。相手の思惑にはまってはいけないのだ」

「そうだ。己が何をすべきかを考えれば、相手に惑わされることはなくなる。迷うのが一番いけない」

「それはわかる。だが、私とて、組み合うときは迷ってはいない。だが、技は決まらないのだ」

「技の掛けどころが違っているのだ」

「掛けどころ？　そんなことはないはずだ。私は習ったとおりの箇所に足を掛け、習ったとおりの向きに引いているはずだ」

「掛けどころというのは、どこに掛けるかということではない。いつ掛けるかということだ」

「いつ掛けるか？」

「剣でも柔術でも、また琉球手でもそれは同じだが、一瞬でも遅れれば、技は決まらない」

「君が声を掛けた瞬間がそれなのだな？」

「そうだ。相手が動いたその瞬間が勝負だ。先程言った剣の極意と同じことだ」

「相手が動いたその瞬間……」

治五郎は、何やらしきりに考えている様子だった。

「さらに、俺は、琉球で気を合わせるということを学んだ」

「気を合わせるとはどういうことだ？」

「相手が何かをしようと、力を入れた瞬間を抑える。相手が力を入れようとしたところを、脱力してその力を奪う。そういったことだ」

「そんなことができるのか？」

「すべては、技の掛けどころだ。俺は剣術をやっていたからそれを早く悟れた。剣の世界には勢いや力とは関係のない速さというものがある。それは、相手に惑わされず、迷わずに動くことから生まれる」

「わかるような気がする。柔術でもそれはある。師範の技がそうだ。師範の動きはわれわれ若い者に比べると速くない。だが、組み合ってみると、なぜか必ず師範の技が先に決まる」

「その速さを生み、技の掛けどころを過《あやま》たずとらえるためには、引かぬことが肝要なのだ」

「気を合わせることもそうか？」

「そうだ」

治五郎は、うなった。

「惣角。おまえの説明はわかりやすい。秘伝だ奥義だと言っている連中とは大違いだ」

惣角は褒められて妙に照れくさい気分になった。

「考えろと言われたから考えたまでだ」

「それだけ、おまえが己で考え、工夫してきたということなのだろう」

「考えたり工夫するだけではだめだ。俺は命懸けで修行したのだ」

「わかっている。私にはとうてい真似できそうにない。だがな、惣角。私は考えることができる。知恵は人間の最大の武器だと、私は考えている」

「俺は学問は好かん」

治五郎は笑った。

「そうだろうな。人それぞれにやり方があるということなのだろう」

治五郎は不意に真顔になった。「なあ、惣角。技の掛けどころ、それに気を合わせる技、見てみたいのだが……」

「戦う相手がいなければ、見せることはできない」

「この私が相手をしよう」

「やめておけ。怪我をするのが落ちだ」

「怪我など承知の上だ。私は、どうしても解明したいのだ。なぜ私の技がかからんのか、師範や他の柔術家が言う秘伝、奥義というのがいったい何なのか……」

「戦うからには、俺は本気でやるぞ」

「望むところだ」

「そうまで言うなら、相手をせんでもない……」

「そうか」

治五郎はいきなり立ち上がった。「では、行こう」

「今からやるのか？」

「私は、何かを確かめたいと思ったら、いても立ってもいられなくなるのだ」

四

治五郎は、惣角を連れて神田明神の境内にやってきた。幸い月も出ており、境内はほんのりと明るい。

「さあ、始めよう」

治五郎が言った。

「柔術をやりたいのだな？　では、俺も素手で相手をしよう。いつでもかかって来い」

「都々古別神社以来だな。だが、あのときのようにはいかんぞ」

「余計なことは言わずに、来い」

治五郎は、油断なく近づき、惣角の襟と袖を取ろうとした。

その治五郎の左手が、惣角の右袖をつかもうとした瞬間、惣角は右手を一閃《いっせん》させた。鋭い音がして、治五郎はたじろいだ。

惣角が、掌で治五郎の手を払ったのだが、それだけで治五郎の手はしびれてしまったはずだ。惣角は、動きを止めた治五郎の衣をつかんだ。治五郎はあわててさがろうとする。

その瞬間に惣角は足を掛けて胸を手で突いた。治五郎はもんどり打って後方に投げ出された。

受け身を取っていなかったら、後頭部を痛打して勝負は終わっていたに違いない。だが、さすがに磯又右衛門の道場に毎日通い詰めているだけあって、受け身はしっかりしている。

治五郎はすぐさま起き上がった。再び、惣角の衣を取ろうとかかっていく。今度は、一度目よりもさらに速い動きだった。

惣角は、治五郎が入ってくるのに合わせて進み出た。治五郎がつかもうとする瞬間、惣角は顎を掌底で突き上げてやった。治五郎はのけぞる。

惣角はすかさず入り身になって投げた。やはり、治五郎は反射的に受け身を取った。

治五郎は跳ね起き、また突っ込んで行った。再び、惣角の手で払われる。またしても大きな音がした。だが、治五郎は今度はひるまなかった。左手を払われた瞬間、足を入れ換え、右手で惣角の襟を取った。

惣角は抵抗しなかった。

治五郎はしめたとばかりに腰に惣角の体重を乗せようとした。現代柔道のはね腰のような技だ。

だが、惣角はびくともしなかった。治五郎は力任せにもう一度投げに行こうとした。そのとき、惣角は一瞬全身の力を抜いた。治五郎は何かにつまずいたように前のめりになる。すかさず、惣角は小手を返して投げた。

治五郎の体が横向きに弧を描く。今度は受け身を取ったまま立ち上がろうとしなかった。地面であぐらをかき、惣角を見上げている。暗くてその表情までは見えなかった。

治五郎の声が聞こえた。

「今、何をやった？　一瞬力が入らなくなり、首にがくんと来たが……」

惣角は、油断せずにこたえた。

「気を合わせたのだ。そちらが力を入れようとする瞬間に、こちらが力を抜いた。そうするとそちらの力も抜けてしまう。そこで小手返しを決めた」

「驚いたな……。何が起きたかわからなかったぞ……」

「さあ、勝負はまだだ。立て」

「待て。どうやっても君を投げることができないようだ。ちょっと考えさせてくれ」

「俺がさっき言ったことを思い出せばいいんだ」

「左の小手がひどく痛む。いったい何をしたんだ？」

「手で払っただけだ」

「ただ払っただけでこんなに効くものなのか……」

「俺は、剣術で打ち込みを鍛えている。特に、片手打ちが得意なんだ。直心影流には『曲《きょく》尺《しゃく》』という技があってな。これは片手打ちに近い」

「なるほど……」

「俺は琉球手に出会って、当て身の大切さを痛感した。知っているか？　琉球手の使い手は積み上げた屋根瓦を素手で叩き割る」

「本当か？」

「当て身もそれほどの威力があれば、一撃で相手の動きを止めることができる」

「そうだな……」

治五郎はしきりに考えているようだった。惣角はいっこうに腰を上げようとしない治五郎に痺れを切らしはじめた。

「おい、勝負を続ける気がないのなら、俺は帰るぞ」

「待て、待ってくれ。もうちょっとで何かがわかりそうなんだ。相手が来ようとする瞬間が勝負なんだろう？　相手が力を入れようとする瞬間が好機なんだ……」

ぶつぶつとつぶやいていたと思うと、治五郎は膝を叩いた。「そうか。相手が動いていることが重要なのだ。あるいは、動こうとする瞬間が……。そのとき、相手の重心が動く。重心が動くということは、体勢が崩れているということだ。よし、わかったぞ」

治五郎は立ち上がった。

「まだやるのか？」

「まだまだだ」

「道場の中でもしつこそうだな……」

「よくそう言われる」

治五郎は身構えた。やや半身になっている。惣角は棒立ちのままだ。

治五郎が間合いを詰めてくる。惣角は、動かない。治五郎は両手で惣角の衣を取りに来た。

惣角は放っておいた。いつでも治五郎を投げる自信はある。

治五郎は衣をつかんだまま、惣角を揺さぶった。惣角は、びくともしない。

「こうじゃない。こうじゃだめなんだ」

治五郎はぶつぶつと独り言を繰り返している。

いきなり治五郎の手応えがなくなった。惣角はまるでいままで寄り掛かっていた手すりがなくなったような感覚を覚えた。思わず前のめりになる。

(しまった……)

治五郎の技の切れは鋭かった。抵抗できなかった。前方に吊られ、そのまま、腰を掛けられた。惣角はどうすることもできない。

受け身を取ったが、したたか地面に叩きつけられていた。

息が止まる。しかし、惣角は、全身に衝撃を受けながらも、必死で横に転がった。実戦では投げられたあと、必ず相手の極め技が来るからだ。

考えるより速く、体がそう動いていた。惣角は、横に転がり治五郎の攻撃にそなえた。しかし、治五郎は攻撃してこなかった。

立ち尽くしている。月明かりにぼんやりとその姿が浮きでている。

(何をしているのだ?)

惣角は訝《いぶか》った。

治五郎の声が聞こえてきた。

「これだ……。これだったんだ」

(何だというんだ……)

惣角は腰をさすりながら起き上がった。

治五郎は惣角に言った。

「惣角。わかったぞ。今までどうして私の技が決まらなかったのか。そして、師範連中の言う秘伝というのが何なのか」

「ほう……」

「崩しだよ。いいか？　相手が攻撃してくる瞬間には、相手の重心は移動している。つまり、崩れているんだ。相手が力を入れようとする瞬間も、意識の中ですでに重心が移動しているから、体勢は崩れている。組み合ったとき、いきなり技をかけても決まらない。相手の体勢が充分だからな。相手が攻撃をしかけてくるときと同じような状態を作ってやらなければならない。つまり、技をかける前に崩さなければならないんだ」

「えらく簡単に言うんだな」

「そう。簡単なことだ。秘伝、秘伝と大騒ぎするほどのことではない。練習すれば、誰でもできることだ。そのコツのつかみ方だ。そのためには、今までのような型練習ではだめだ。組み合って自由に技を掛け合わなければな」

「剣術の竹刀稽古のようなことを柔術でもやろうというのか？」

「そうだ。君は、実戦でそのコツを身につけた。しかし、一般の人々は野試合をするわけにはいかない。だから、道場の中で自由に技を掛け合うのだ。そういう練習で実戦経験のなさを補えるはずだ」

惣角は、治五郎のことをつくづく面白い男だと思った。面白いが、それまでだ。考えたり、工夫したりで武道の神髄を悟ることはできない。惣角はそう考えていた。

「早く、何かに書き取っておかなければ……。惣角、失礼する。おかげで大切なことが理解できた。近い内にまた会おう」

治五郎は走って境内を出ていった。惣角は、すっかりあきれてその後ろ姿を眺めていた。


近い内にまた会おう。嘉納治五郎はそう言ったが、それ以来二人は会っていない。惣角は惣角で修行に忙しく、嘉納治五郎は彼の稽古に忙しかった。この間、治五郎は天神真楊流だけでなく起倒流柔術も修行している。

この翌年、嘉納治五郎は東京大学を卒業し学習院で教鞭を執る。さらに、その翌年、彼は学習院に勤めるかたわら、下谷の永昌寺で講道館を開いた。明治十五年（一八八二年）のことだった。

嘉納治五郎は、それまで各流派で秘伝とされていた技術を、初心者の基本練習に取り入れた。それが『崩し』であることは、現在、武道関係者の間でよく知られている。

二度にわたる惣角と治五郎の出会いは、決して偶然ではなかった。それは、互いが引き合った結果であり、また、時代の要請であったのかもしれない。

惣角は、晩年、警察や軍隊にも指導している。だが、治五郎が講道館を築き、武道の世界のみならず、教育界、スポーツ界、また政界にまで発言力を持ったのに対し、惣角は、道場を持たず、大衆の前に出ることはなかった。常に旅を続けており、指導はすべて講習会形式だった。

時代は嘉納治五郎を選んだように見える。だが、それはあまりに表面的な見方だろう。事実、惣角の大東流は現在も脈々と息づいており、各方面から高い関心と評価を得ている。合気の神髄を伝える本物の武道として生きているのだ。それは、スポーツとなった柔道とはまた別の重要な役割を担っているに違いないのだ。

嘉納治五郎が講道館開設の準備を着々と進めているころ、惣角はひっそりと故郷へ向けて東京を発った。

保科近悳に会うためだった。東京を後にするとき、惣角はふと嘉納治五郎のことを思った。そのときは、嘉納治五郎が講道館柔道を創始しようとしていることなどは知らない。ただ、あの書生はどうしているかな。そう思ったにすぎなかった。

第八章

一

会津坂下の宿場町は賑わっていた。旅姿の男女が行き交っており、茶屋の軒先で何事か語り合っている姿も見える。

惣角は、懐かしくその光景を眺めていた。東京を発って故郷の会津坂下に戻ってきたのは、秋も深まるころだった。

宿場町を通り過ぎると、目の前に田畑が広がった。すでに、稲の刈り取りも終わっていた。刈り取った稲は横に渡した木の棒に架けて干されており、その様子は黄金色の幕のように見えた。

秋祭りもとうに終わっており、会津の里は冬を迎える準備を始めている。

その田んぼの中に、まるで海に浮かぶ小島のように集落が見えている。その集落の一つが、惣角が生まれ育った武田屋敷のある御池田だった。

家に戻った惣角を、母は武士の妻らしく控えめな態度で迎えた。控えめだが、惣角の無事を心から喜んでいるのがわかる。

それが照れくさくて、惣角はわざとぶっきらぼうに言った。

「思うところがあって、帰ってまいりました」

「ともあれ、父上にご挨拶なさい」

父惣吉は、庭に面した部屋で何やら書物を読んでいるところだった。

「父上。ただいま戻りました」

父惣吉は、一瞬驚いたように惣角を見たが、すぐに渋い表情になった。

「兄上に挨拶はしたか？」

「あ……、いえ……」

惣吉は、書物に眼を戻した。

惣角は、父が帰宅を喜んでくれるものと思っていたので、がっかりして仏間に向かった。

兄の位牌に線香を上げる。

父は俺に腹を立てている。

惣角はそう思った。それも道理で、惣角は兄の後を継ぐために、都々古別神社の保科近悳のもとに預けられたのだが、すぐにそこを飛び出して、それ以来放浪していたのだ。

あらためて父のもとに戻ると、惣角は言った。

「いろいろとご心配をおかけしました」

父惣吉は、書物に眼をやったままこたえた。

「心配などしておらん」

冷たい口調だった。

「御家老のもとを勝手に飛び出したのは申し訳なかったと思っています。しかし、私は、じっとしていられなかったのです。西郷隆盛が兵を挙げる。そう聞いて、いても立ってもいられなくなり……」

「そのことについては、頼母様からお話があった。気の済むようにしてやれと言われた。だが、おまえは戦には加わらなかったのだろう？」

「はい」

惣角はまっすぐに惣吉を見て言った。「まことに残念ですが、西郷さんに断られました」

惣吉は大きく溜め息をついた。そして、惣角を見据えた。

「戦の後、おまえはどこへ行っていた？」

「九州から琉球へ渡り、武者修行をしました。琉球手の名人に師事し、その後、九州に戻り槍術などを学びました。父上、喜んでください。九州ではすでに武道が復興しています」

「悲しいやつだ」

「は……？」

「頼母様の心もわからずに……」

「御家老の？」

「その言い方はやめろ、頼母様はもう御家老ではない」

「では、何とお呼びしましょう。神主殿ですか？」

「それも、解任された」

「解任……？　暇を出されたのですか？」

「それも、もとはといえば、おまえのせいかもしれぬのだぞ」

「私の……？」

「頼母様は、西郷隆盛殿に便りをしたためられた。会津から跳ねっ返りが独り訪ねていくと思うが、軍勢には加えず追い返してくれとな」

「何と……」

惣角は丸い目をさらに丸く見開いた。「私が西郷さんの軍勢に加われなかったのは、御家老……、いや、保科様のせいなのですか？」

「感謝しろ。おかげで、五体満足でこうして故郷に戻れたのだ」

「感謝しろですって。冗談じゃない」

惣角はいきり立った。「何のためにわざわざ肥後まで行ったのですか。保科様は、私にこう言われたのです。生きたいように生きろと……」

「だから人の心がわからぬというのだ。おまえがおとなしく、都々古別神社におれば、頼母様も任を解かれることはなかったろうに……」

「どういうことですか？」

「頼母様が、西郷殿に便りを出したと言っただろう。官憲がそれを取り沙汰《ざた》した。官憲が言うには、頼母様が西郷殿の謀叛《むほん》に与《くみ》した疑いがあるというのだ」

「謀叛？　西郷さんは、武士のために立ち上がったのです」

「武士の世ではない。何度言えばわかるのだ、惣角」

惣角にもどういうことかは理解できた。

保科頼母近悳は、惣角の身を案じて、戦争には参加させないでくれという手紙を西郷隆盛に書いた。おそらく西郷隆盛から返事が来たのだろう。それが官憲の知るところとなった。官憲は保科近悳が西南戦争において、西郷隆盛に加担したと勘繰り、都々古別神社の神官の任を解いたのだ。

「だからといって……」

惣角は言った。「だからといって、私は感謝する気になどなれません。武士は戦が仕事です。戦で死んだとしても本望です。戦を目の前にして追い返されたことが悔しい。それが、保科様のせいだったとは……」

惣吉は口を真一文字に結んで、かっと惣角を睨み付けた。

膝の上で握った拳がぶるぶると震えている。その眼は怒りに燃えていた。

「頼母様は、おまえのことを息子のように考えてくださった……。あのまま都々古別神社にいれば後を継がせてもらえたかもしれぬ……」

「私は神官などにはなりません」

「頼母様は二人も息子を戦争で亡くすわけにはいかなかったんだ。おまえだけでも生き延びてほしいと願われたのだ」

惣角は、父の怒りの理由がわからず、ぽかんとした顔で訊いた。

「どういうことですか？」

父惣吉は、絞り出すように言った。

「西郷隆盛殿のもとに預けられていた、頼母様のご長男、有鄰様《ありさと》が亡くなられた。西南の役に出陣なされ、怪我をされて東京の東大病院に入院されていたが、昨年ついに亡くなられたのだ」

「な……」

惣角は目をまんまるにして言葉を呑み込んだ。

「頼母様は、有鄰様が出陣なさるだろうことを知っておられた。西郷隆盛殿のもとへ預けたからには、西郷殿のご子息として暮らさなければならぬ。頼母様は、実のご子息を犠牲にして、おまえを助けてくださったのだ」

惣角は、驚愕の表情のまま惣吉を見つめていた。どうしていいかわからなかった。やがて、

「知りませんでした……」

惣角は、がっくりと眼を伏せると言った。

「おまえは、世の中がどう動いているかも考えず、勝手に放浪しておった。武者修行だと？それが何になる。武士の時代はとうに終わったとあれほど言ったのがなぜわからぬ？」

惣角は、苦しげに言う父の言葉をじっと聞いていた。

「兄の惣勝が神官となり、武田家をもり立ててくれるはずだった。その惣勝も今はいない。おまえが家督を継がなければならない。この武田家をどうするつもりだ」

惣角は眼を伏せたまま言った。

「保科様はお気の毒だったと思います。自分の無明も思い知りました……」

惣角はぱっと顔を上げた。「ですが、父上。私は幼い頃より、武士になることだけを考えてきました。武芸こそが私の生きる道です。それ以外のことには考えが及びません。肥後で西郷さんに会い、こう言われました。新しい世で強くなれ。私は私なりにそのことを考えました。これからの世にも武士の生き方はある。武芸は決して滅びることはない。事実、九州では武道が復興しているのです。今に、日本中でまた道場が盛んになるでしょう」

惣吉は、悲しげに惣角を見つめていた。やがて、惣吉は言った。

「もういい。さがりなさい。話はまたにしよう」

惣角は何か言いかけたが、諦めたように口をつぐみ、一礼すると部屋を出た。

父の頑固さが腹立たしく、父にうまく自分の気持ちを説明できないことがもどかしかった。

惣角は、庭を眺めながら、保科近悳のことを思っていた。今度会ったら、何をどう言えばいいのか。惣角は溜め息をついていた。

保科頼母近悳が、都々古別神社の神官を解任されたのは、明治十一年（一八七八年）六月二十五日のことだ。

これについて、保科近悳は自伝の『栖雲記《せいうんき》』で次のように述べている。

「都々古別神社の宮司になりたりし後、そを辞すべき旨、令せられしは、西郷隆盛が謀叛に組みせし疑とぞ聞ゆ」

保科近悳が西郷に書簡を送り、それに西郷隆盛が返事をよこしたというのも事実だ。この西郷の返信は、昭和五十一年に霊山歴史館で開催された西郷南州展に出品された資料のひとつだ。

「御申遣候之一条」、つまり、お申し出のことについては、「都合よく運んだからご安心ください」と書かれている。

保科近悳がどんなことを申し出たのかは記されていない。

西郷隆盛と保科近悳が戊辰戦争の後、しばしば手紙のやり取りをする間柄であったことはよく知られている。

近悳の長男、吉十郎有鄰が、東京大学医学部病院で死亡したのがその翌年、明治十二年(一八七九年)八月九日のことだった。まだ二十二歳の若さだった。

西南戦争に西郷軍の一員として出兵し、そのときの負傷がもとで発病し死んだという説が伝えられているが、真偽のほどは定かではない。

有鄰の死後、わずか十日の後に、近悳は、志田貞三郎の三男、四郎を養子とした。保科四郎は、後に、西郷家を復興し、西郷四郎と名乗る。

『姿三四郎』のモデルとなった講道館四天王のひとり、あの西郷四郎だ。

二

保科近悳は、都々古別神社神官を解任になったあと、しばらく会津にいたが、明治十三年（一八八〇年）二月から日光の東照宮にいた。

旧藩主松平容保《かたもり》が東照宮の宮司となったのに従い、禰宜《ねぎ》として就任したのだ。松平容保は宮司ではあるが東京に在住しており、実際の神事はほとんど保科近悳が取り仕切っていた。

惣角は、保科近悳が日光東照宮にいることを知り、家に戻った次の日には旅立とうとしていた。

もともと会津に戻ってきたのは、保科近悳に会うことが目的だった。沖縄で悟った勝負の理合いをもとに、今度は本腰を入れて御式内を学ぼうと考えていたのだ。

惣角が旅支度を始めたということを、誰かに聞いたらしい惣吉がやってきた。

「今度はどこへ行くつもりだ」

「保科様のところへ行ってまいります」

「日光へか？」

「はい」

「慌ただしいやつだ」

「私には私の目的があります」

「それは何だ？」

「強くなることです。これからは刀の世ではない。それは私にもわかります。ならば、刀を使わずに強くなることを考えればいい。私は琉球に行って、徒手の優れた技を見ました。また、東京には、柔術を学ぶ面白い書生がいます。これからの世にも、私ができることがきっとあるはずです」

「頼母殿のところへ行くというから、ようやく心を入れ換えて、神職の修行でもするつもりかと思えば……」

「御式内を習うつもりです」

「武芸、武芸となまいきなことを。さぞかし、腕を上げたのであろうな」

「そのつもりでおります」

惣角は臆面もなく言った。

「ならば、その腕、この父に見せてみろ」

惣角は、口をきつく結び、どんぐり眼で惣吉を見つめた。

惣吉が自信を持っていることはわかっていた。このとき、すでに惣吉は六十歳を過ぎている。だが、力士として活躍した若い頃の鍛え方は半端ではない。

剣術、棒術の腕も確かだし、武田家に代々伝わる柔術の腕もまだまだ惣角より上だという自信があったに違いない。なおかつ、惣吉には、会津藩士として戊辰戦争を戦った実戦経験がある。

惣角は複雑な気分だった。

できれば、父とは手合わせをしたくなかった。惣角の戦いに容赦というものはない。戦うからには勝たなければならない。わざと負けるなどという芸当はできないのだ。

父親は、勝負の相手ではない。いつまでも自分の上にいてほしい存在だ。だが、惣角は思った。

口では理解してもらえない。惣角にできるのは、戦いを通して何かを理解してもらうことだけだった。

「わかりました。何でお相手いたしましょう」

「武芸にこだわるなら、なんといっても剣術だ。支度をして庭に来なさい」

惣角は、もう後には引けないと思った。

父親は、竹刀を持っていた。惣角は、面、小手、胴を着けている。防具を着けようとしない父に惣角は言った。

「父上も、面をお着けください」

「ばかにするな。おまえの相手など、これで充分だ。来るがいい」

「面を着けていただけませんか」

「いいから、来い」

しかたなく、惣角は竹刀を構えて父親と向かい合った。互いに青眼だ。

惣角は動かない。

「どうした。打ち込んで来ないのか？」

惣角は挑発には乗らなかった。竹刀を構え、ひっそりと立っているように見える。だが、その実、じりじりと間合いを詰めていた。足指を尺取り虫のように動かしてわずかずつ間合いを盗んでいる。含み足という技術だ。

「ならば、こちらから行くぞ」

惣吉は言った。

その巨体がゆらりと動いた。竹刀を振りかぶって一気に打って出ようとする。

その瞬間に惣角の竹刀が一閃した。

惣吉は、反射的に竹刀を引き、後退した。だが、惣角の竹刀が倍にも伸びたように感じた。したたかに右小手を打たれた。

「むう……」

惣吉は危うく竹刀を取り落としそうになった。「なるほど、直心影流の『曲尺』か……」

惣角の竹刀が伸びたように見えたのは、竹刀を握る右手を滑らせたからだ。それによって、竹刀を長く使ったのだ。惣角はもう一度言った。

「面がお嫌なら、せめて小手をお着けください。でないと、こちらも本気で打ち込めません」

「生意気なことを……」

しかし、惣吉は、知らぬうちに惣角が恐ろしいほど腕を上げていることを今の一撃で悟った。

惣吉は小手だけを着けた。

「さあ、これでいいか？　おまえの本気とやらを見せてみろ」

惣吉は、竹刀を構えた。そのとたん、惣角の鋭い一撃が飛んできた。やはり右小手を打たれた。さきほどと寸分違わぬ場所だった。惣吉は思わず一歩引いた。

惣角はそれを許さなかった。再び、『曲尺』で同じ右小手を打つ。

「おのれ……」

惣吉は、竹刀を振りかぶった。惣角は慌てず、今度は、左小手を打った。

「く……」

惣吉は体格にものを言わせて、無理やり突進して打ち込んだ。惣角も同時に竹刀を振り降ろしていた。『合《がっ》し打ち』の形になる。

だが、惣吉の竹刀は空を切り、惣角の竹刀は惣吉の右小手に決まっていた。惣吉はついに竹刀を取り落とした。

惣吉は、茫然としていた。やがて、小手を外す。右の前腕の一点に痣《あざ》ができていた。惣角の打撃は正確に同じ点を打ち続けていたのだ。

それに気づいて惣吉はさらに驚いた。だが、息子に負けを認めるわけにはいかなかった。剣術で負けても、組み打ちなら負けるはずはない。惣吉はそう考えたようだ。

昔は職業力士で、柔術にも長けている。

「防具を外せ。組み打ちで相手してやる」

惣角は、言われたとおりにした。

惣吉はいきなり組み付いてきた。得意な相撲の技をかけようというのだ。

腰の袴の紐をつかまれた。その瞬間だった。惣吉の腰ががくがくと崩れた。年老いたとはいえ、まだまだ相撲で鍛えた足腰は丈夫だった。その惣吉が信じられないくらいにあっさりと崩された。

惣角は、難なく父親を投げた。上手投げのような形になった。庭に投げ出された惣吉は、狐につままれたような顔で惣角を見上げた。

「この私の腰が崩れるとは……」

惣吉は立ち上がった。「もう一度だ」

再び勢いよく突進し、惣角の腰をつかもうとする。だが、また同じことが起きた。惣吉の体勢は崩れ、投げ出されてしまった。

惣吉は、衝撃を受けていた。のろのろと立ち上がると言った。

「私の足腰はこんなにももろくなっていたのか……」

「そうではありません」

惣角は言った。

惣吉は眉をひそめて惣角の顔を見た。

「これが武者修行の末に悟った術です。気を合わせるのです」

「気を合わせる……？」

惣角は、父親が組み付いてきて力を入れようとする瞬間に脱力して、ごくわずか引いたのだ。

力を込めて引いたりいなしたりしたら、歴戦の力士である惣吉は即座に反応して技を返しただろう。しかし、惣角は反応できない微妙な崩しを行ったのだ。

それは、惣吉が力を入れようとするその一瞬だったので、惣吉は何が起きたのかわからなかった。自分の足腰が弱くなったせいだと思ってしまったのだ。

それくらいに惣角の術は精妙だった。

「剣術も琉球手も、突き詰めれば同じ理合いです。相撲も柔術も同じです。その行き着く先には、この合気があると、私は思っています。合気は、武士の世が終わろうと、刀を持たぬ時代になろうと、決して滅びることのない術だと思います。武士の世でなくなったとしても、武士の心は生き続けます。合気は武士の心です。合気を悟れば、この五体が剣となります」

惣吉は目を見張った。惣角がこれほどはっきりと自分の考えを述べるのを見たことがなかった。頑固な少年だったが、何か不満なことがあれば、口をへの字に曲げてどんぐり眼で相手を睨み付けるのが常だった。

惣吉はまた、惣角の武術がおそろしく高度な域に達していることを理解した。

「男子、三日会わざれば刮目《かつもく》して見よというが……」

惣吉は、言った。「どうやら、おまえの覚悟の程は本物のようだ。半端な考えならば、力ずくでも学問の道に進ませ、神職に就かせようと考えていたが、私が考えていたよりおまえはずっと多くのことを考えていたようだ。もう、何も言うまい。惣角、好きなように生きるがいい」

父親が惣角を認めてくれた。嬉しくて当然だった。しかし、惣角は、そのとき喜びを感じなかった。

ひどく淋しかった。理屈ではなかった。あんなに大きかった父が、今は小さく見える。ずっと武術の師であり、生き方の規範であった父が、今、この瞬間にそうでなくなったような気がした。

親子であることに変わりはない。だが、確かにこれまでの関係ではなくなってしまったのだ。

惣角はたまらず、さっと一礼すると部屋に飛び込んだ。彼は、唇をへの字に結んで、旅の仕度を再開した。

三

日光東照宮を訪ねた惣角は、その壮麗なたたずまいに圧倒された。彼がこれまで見たどんな神社仏閣よりも立派だった。

堂々とした陽明門を見上げ、惣角はしばしあきれていた。陽明門は別名、日暮門《ひぐらしもん》ともいう。あまりの美しさに見とれて時の経つのを忘れるところからこう呼ばれるのだが、それもうなずけた。

さすが、徳川家康の霊廟《れいびょう》だと惣角は満足げにうなずいていた。すでに失われた徳川幕府の威光をそこに見たような気がした。

元会津藩主がその立派な神社の宮司であり、国家老だった保科近悳が禰宜を務めていることが誇らしかった。

保科近悳は、惣角をこれ以上ないという喜びかたで迎えた。本当に息子が帰ってきたかのようだった。

惣角は、そこに保科近悳の孤独を見るような気がした。戊辰戦争で家族のほとんどを失った悲運の国家老は、またしても長男を亡くしたのだった。

惣角は神妙な面持ちで言った。

「有鄰様のこと、伺いました。知らぬこととは申せ、無沙汰の非礼をお詫びいたします」

保科近悳の顔に、一瞬悲しみがよぎった。だが、すぐに笑顔に戻り言った。

「一人前の挨拶ができるようになったな、惣角。さ、上がれ」

客間に案内されると、惣角はさっそく申し出た。

「武者修行でひとつ悟ったことがあります。それを確かなものにするためにも、ぜひ、御式内をご教授いただきたいのですが」

「ほう……。何を悟った？」

「気を合わせることです」

「気を合わせるか……」

「剣、槍、柔、当て身、すべての術に通じる真理と悟りました」

「なるほど……」

「肥後で西郷隆盛殿にお会いしました」

「おお、会ったか」

惣角は、あえて近悳と隆盛の書簡のやりとりには触れなかった。

「新しい世で強くなれと言われました」

「そうか……」

近悳は、感慨深げに腕を組みうなずいた。

「西郷さんがな……」

「武士の世が終わっても、武士の心、会津の心は決してなくなりはしません。わたしは、それを伝えることを一生の役目とするつもりです」

保科近悳は穏やかに笑った。

「知恵をつけたな、惣角。もっともらしいことを言って、この年寄りの心を動かそうというのだろう」

惣角は何も言わず、口をきつく結び、丸い目で近悳を見つめていた。その顔を見て、近悳はさらに笑い出した。

「いいだろう。もとより、おまえに伝えようと思っていた。会津の心と言ったな？　その気持ち、忘れずにいてくれ」

「はい」

惣角は、こっくりとうなずいた。

その夜からさっそく御式内の稽古が始まった。道場など必要なかった。御式内は、座敷で稽古ができる。

もともと城内の護身術として発達した技だ。基本は膝行《しっこう》だ。

惣角は、砂が水を吸うように技を吸収していった。保科近悳は、その覚えの早さと技の効果に驚いた。

「武者修行は伊達ではなかったようだな」

「はい」

惣角は素直にうなずいたが、実は、したたかなことをやっていた。技を習いながら、御式内を合気の理合いで考え直していたのだ。その結果、惣角は確信した。御式内は合気の完成のために役に立つ。

連日、稽古が続いた。

惣角が到着して数日後、ひとりの若者が近悳のもとを訪ねてきた。近悳はその若者を惣角に紹介した。

「いましがた、国から到着した。息子の四郎だ」

「ご子息？」

「養子にした」

「ああ、話には伺っておりました」

「四郎。こちら、武田惣角だ」

保科四郎は、ぺこりと頭を下げた。髪は丸坊主に刈っている。目元は涼しいがなかなか気の強そうな若者だった。

「武田殿のお噂はかねがね聞き及んでおります」

「四郎はな、相撲が強く、かなりの腕自慢だ」

「ほう」

惣角は興味を覚えた。その技が高度な域に達しているといってもまだまだ若い。腕自慢と聞くと、つい試してみたくなる。

近悳はそれに釘を刺した。

「だが、おまえの相手ではない。こいつはこれからだ」

「これから……？」

「柔の技を覚えたいと言っている。いずれ、東京へやろうかと考えている」

「東京といえば……。都々古別神社に訪ねてきた書生に東京で会いました」

「そうか。何と言ったかな、あの若者」

「嘉納治五郎です。天神真楊流を学んでいるということでした。いや、変わった男です……」

「どう変わっている？」

「私には思いつかないようなことを考えます」

惣角は、東京での出来事を話して聞かせた。もっとも、嘉納治五郎の主張の部分は惣角自身ちゃんと理解できていたわけではないので、かなりつたない説明ではあった。

だが、それなりに嘉納治五郎の生きざまは近悳に伝わったようだった。

「なるほど、面白い。いずれまた、会ってみたいものだな」

その夜、近悳は、御式内の稽古に四郎を参加させた。惣角の相手をする者が必要だと考えていたのだ。惣角に技を掛けさせるには、近悳は年を取りすぎていた。腕に覚えのある四郎は、惣角の技を一度受けるなり、目を見張った。

合気を悟った惣角の技は、この時点で、それまでのどの柔術にもないような鋭い切れ味と不可思議な威力を持ちはじめていた。


惣角は二十歳になったばかりだ。しかし、この時代の二十歳は、現代とは違い立派な大人だった。自分の人生に責任を持たねばならない。

惣角はすでに一生武道家として生きようと心に決めていた。だが、道場を開くわけではない。道場には看板が必要だ。すでに小野派一刀流の免許皆伝を持つ惣角だったが、小野派一刀流の道場を開くつもりはなかった。

琉球ではヤマト流と名乗った。その技を完成させることが惣角の目標だった。

保科近悳は明治十三年（一八八〇年）から七年にわたって東照宮の禰宜を務めた。その間に、惣角は何度か近悳のもとを訪ねて御式内を習った。

父の惣吉は、家督のことを何も言わなくなった。惣角は心苦しかったが、家を継ぐよりヤマト流の完成のほうが大切だと考えていた。

こうと決めたら、滅多なことでは考えを曲げない惣角だ。以来、家のことは顧みなかった。年老いていく父を見て、ときには胸がふさがるような切なさを感じることもあった。しかし、もう後には引けないと惣角は思っていた。

四

明治十五年(一八八二年)のことだった。久しぶりに日光の近悳のもとを訪ねた惣角は、意外なことを聞かされて衝撃を受けていた。

近悳、惣角、四郎の三人で話をしているときのことだった。

「嘉納治五郎が、道場を開くというのですか?」

惣角は、かっと目を見開いていた。近悳はうなずいた。

「東京では、けっこう噂になっているらしい。あの書生がな……」

「天神真楊流の道場ですか?」

「いや、そうではないらしい。その後、起倒流を学んで、新しい流派を作ったということだ」

惣角は、嘉納治五郎が柔の道、柔道という名称を口にしていたのを思い出した。

あの書生が俺と同様に新しい武道を考えている……。

嘉納治五郎は東京に道場を開いた。惣角は、一歩先を行かれたような気分になっていた。焦りを感じた。

その先の近悳の言葉が、さらに焦りに拍車をかけた。

「ついては、この四郎をその道場に通わせようと思う。新しい流派というのがどのようなものか、この四郎はおおいに興味を持ってな……」

四郎はうなずいて惣角を見た。

「講道館というらしいです」

「講道館……」

惣角は四郎を睨んでから近悳に言った。

「会津にはどこにも負けないお留め技があるじゃありませんか。どうして、書生上がりが作った道場に通わねばならないのです」

四郎は、惣角を見て言った。

「私は何度か、武田殿とともに稽古させていただきました。そして、この先、どうやっても武田殿には勝てないような気がしてきたのです。同じことをやっていては勝てない。私は人に負けるのが嫌いです。新しい武道があるのなら、その可能性に賭けてみたい。そう考えたのです」

近悳はおだやかに言った。

「若者を古いものに縛りつけておくわけにはいかない。惣角、おまえなら、四郎の気持ち、わかってやれるだろう」

惣角は何も言わず、口をきっと結んで近悳を見返していた。四郎の気持ちはもちろんわかる。講道館があの嘉納治五郎の道場でなければ喜んで送り出しただろう。

惣角は嫉妬していた。自分ではそう認めたくなかったが、たしかにねたんでいた。身内を嘉納治五郎に取られたような気持ちだったのだ。

俺のヤマト流が、もう少し早く完成していれば、四郎は俺に弟子入りしたかもしれない……。

惣角はそう思うと、いても立ってもいられないような気分になるのだった。

道場を開くという点では、嘉納治五郎に先を越された惣角だった。惣角は生涯、一度も道場を持ったことがない。

嘉納治五郎とは別のやり方を考えたのだ。惣角は放浪をしながら講習会を開いて技を伝授していった。それは嘉納治五郎への対抗意識の表れだったのかもしれない。

惣角は、打ちひしがれた思いで日光を後にし帰路についた。彼は、この年二十二歳になる。嘉納治五郎も同じ年齢だ。

どうしても自分と嘉納治五郎を比べてしまう。何かやらねばならない。そういう思いが強く胸に押し寄せてくる。

会津に帰る途中立ち寄った茶屋で、惣角はふと旅人同士の会話に耳を澄ました。

商人らしい二人が眉をひそめて話し合っていた。

「昨日も旅人が襲われたそうだ」

「これで何人目だろうな……」

「物騒な話だよ、まったく」

「新しい道ができるのはありがたいことだが、これではな……。安心して出歩けない」

二人の旅人は明らかに何かを恐れているようだった。惣角は、その二人に近づいて声を掛けた。

「ちょっと尋ねるが……」

二人は不安げな顔で惣角を見た。

「旅人が襲われたとか……。それは何の話だ？」

旅人たちは顔を見合わせた。

「へえ……。東京から仙台までの新しい道を作っているのはご存じで？」

「話には聞いている」

「その工事を請け負っている連中の中に、よからぬやつらがいるのです」

「よからぬやつら……？」

「やくざ者ですよ。とんでもない無法を働いているのでして……。もう、旅人が何人も襲われていますし、付近の家で盗みも働いているということです。まるで山賊ですよ」

「ほう……。そいつらはどのあたりに出るのだ？」

「工事は郡山《こおりやま》のあたりまで進んでいるそうですから、そのあたりでしょう」

「何人いる？」

「さあ……」

旅人はもう一人の顔を見た。そのもう一人がこたえた。

「どれくらいいるんだか……。工事だから四、五十人はいるでしょう。鶴嘴《つるはし》やらなにやら持っているので手が付けられません」

「官憲は何もしないのか？」

「この工事自体が、もともと仙台に兵隊の師団を置くのが目的で始められたものでしてね。その工事にたずさわる人夫ですから、へたなことはできません。連中を監獄にでも送ったら工事が遅れてしまいます」

「五十人か……」

惣角は体の芯が震えるのを感じた。血が熱くなっていた。そのままくるりと旅人たちに背を向けると、足早に歩き始めた。二人の旅人は不思議そうにそんな惣角の背中を眺めていた。

（書生上がりは、道場で修行をすればいい）

惣角は思った。（書生にはできない修行が、武士にはできる）

惣角は、ほとんど休みなく歩き通して我が家に帰ってきた。一晩休んで体の疲れを取ると、また外出の仕度を始めた。

胴にきっちりとさらしを巻き、その上から着物を着た。袴の紐をきつめに締めると、草鞋《わらじ》をしっかりと足に結わえ付けた。

そして、惣角は愛刀の虎徹を持ち出した。まっしぐらに郡山に向かう。道路工事の現場に出向くつもりだった。

余計な荷物は一切持っていない。全身を血が駆け巡り、かっかと火照《ほて》っているほどなのに、体の震えが止まらなかった。武者震いだ。

（嘉納治五郎。おまえには、こんな修行はできまい。俺は命を懸けて俺のヤマト流を完成させる。これがおまえの講道館と俺のヤマト流の違いだ）


地元の住民に尋ねると、工事現場はすぐに見つかった。そこに着いたのは家を出た翌日の日暮れどきだった。

惣角から喧嘩を売る必要はなかった。道を通ろうとする惣角に、入れ墨をした人夫たちが嫌がらせを始めたのだ。

「おい、若造。工事をしているのがわからねえのか？　回り道しな」

惣角は、ことさらに大きな声で言った。

「天下の往来を歩いて何が悪い」

作業をしていた人夫たちが一斉に振り向いた。

惣角の胸は高鳴った。鶴嘴やらスコップやらを持った人夫が五十人以上いる。とても無事に帰れるとは思えない。

だがやらなければならない。でなければヤマト流の完成はあり得ない。惣角の思いはかたくなだった。嘉納治五郎に先を越されっぱなしでいるわけにはいかない。惣角は、覚悟を決めた。ゆっくり息を吸うと、大声で言った。

「道を開けろ、三下ども」

入れ墨をした人夫が、とたんに眼を光らせた。底光りする危険な眼だ。人を殺しているな……。その眼を見たとたん、惣角はそう思った。その入れ墨をした人夫は、鶴嘴を肩に担いだ。筋骨がたくましい。片方の頬を歪めるように笑いながら惣角にゆっくりと近づいてきた。

惣角は仁王立ちだった。

入れ墨の人夫はいきなり鶴嘴を惣角目掛けて振り降ろした。すさまじい勢いだった。油断していたら、頭を真っ二つに割られていただろう。だが、惣角は鶴嘴が振り降ろされたところにはいなかった。

飛び込みながら、虎徹を抜き払っていた。抜刀術の要領で抜きざまに相手の胴に斬りつけていた。

惣角の刀が一閃してからやや間を置いて、入れ墨の人夫の腹から血がほとばしった。周囲にいた男たちが声を上げた。悲鳴や驚きの声ではない。雄叫《おたけ》びだ。

血を見て怯えるような連中ではない。仲間の血が、彼らの怒りを一気にあおった。たちまち、近くにいた数人が惣角にかかってきた。

手にそれぞれ物騒な道具を持っている。鶴嘴もスコップも武器として使えばおそろしく殺傷力が強い。

惣角は、一撃で相手を倒すことを心掛けた。中途半端な攻撃は自分を疲れさせるだけだ。相手を引きつけ、力の限り刀を振り降ろす。

たちまち四、五人を斬り倒した。仲間が斬られてもひるむような連中ではない。次々と打ちかかってくる。

惣角は、刀を振りながら、これはちょっと様子が違うぞと思いはじめた。道場の稽古と違いたちまち息が上がってしまった。

惣角は、相手の手首を斬り落とし、脛を払った。胴や頭を力の限り斬りつづけていてはとても体力がもたない。

斬っても斬っても敵は減らないような気がした。怒号と悲鳴で騒然としている。本当に悪質なやくざ者はおそらく十人かそこらだったろうが、血の気の多い集団は今や暴徒と化していた。全員が、手が付けられないくらいに荒れ狂っている。

惣角は、とうに何人斬ったかわからなくなっていた。息が上がり、視野が狭くなってきている。刀を握る手が血糊《ちのり》でぬるぬるしている。やがて、その血糊はべたべたと貼りついてくる。

膝に踏ん張りがきかなくなってきていた。腰を低く落とすことができなくなる。そうなると、刀の勢いも弱ってくる。

刀も切れなくなっていた。数人を斬ったところでたちまち切れ味が悪くなっていた。

惣角は激しくあえいでいた。全身から汗が噴き出し、それが返り血とまざって流れていく。

(ここで死ぬかもしれない)

惣角は思った。これまで感じたことのない恐怖が彼を襲った。その恐怖がさらに疲労感を募らせた。

腕が重くなってきた。握力が落ちてきて、刀の動きの鋭さが落ちてきた。足ももつれてきた。膝が笑い、すでに満足な一撃を繰り出せない。

(くそっ)

惣角は、知らぬうちにぎりぎりと歯ぎしりをしていた。(これを乗り越えられなくて、何のためのヤマト流だ。何のための武道だ……)

ついに疲労が極限に達した。それでも敵は次から次へと押し寄せてくる。

(これは戦だ)

惣角は思った。(本物の戦だ。戦の役に立たぬ武道なら、ここで滅んでしまえ)

惣角は開き直った。それまで、前かがみになり、腰を落とそうとしていたのだが、その瞬間に立ち腰になった。背を真っ直ぐに立てた。

すると、新たに見えてくるものがあった。集団でも、数人が同時にかかってくることはない。こちらが刀を持っているということもあり、無謀にしがみついてくる者もいない。たとえ複数が同時にかかってきても、一人を倒せば、その包囲を抜けることができる。

すでに刀を振る力も残っていない。あとは突くだけだ。

それまで惣角は、足を踏ん張って構え、相手に合わせて踏み出していた。それでたちまち体力を消耗してしまったのだ。

惣角は、ゆっくりと歩き出した。疲労の極にいるせいで、それが精一杯だった。すると不思議なことが起こった。

相手が出ようとする瞬間を捉えやすくなった。向こうが得物を振りかぶったときには、もう惣角は充分の間合いまで移動している。力など要らない。そこから素直に剣を突き出すだけでよかった。

ただ歩くことによって相手の攻撃は封じられた。惣角の動きはもはやそれほど速くない。だが、ことごとく惣角の剣のほうが相手に早く届くのだ。

（ああ、忘れていた）

惣角は思った。（これだ。これだったんだ）

惣角は、死闘の中で合気を生かしはじめた。実戦の緊張と興奮で、大切なものを見失っていたのだ。誰がかかってきても、同じ結果になった。惣角の剣は、相手の胸を突いた。力も速さも必要とせずに面白いように突きが決まる。その喜びが、惣角に活力を与えた。

（つかんだ。俺は合気をはっきりとつかんだぞ）

惣角は、その思いに叫び出したいほどだった。至福の思いだった。

振り降ろされる鶴嘴を咄嗟に受け、ついに刀が折れた。惣角は、血糊で張り付いていた柄を引き剝がし、刀を捨てた。

恐怖感はなかった。腹の底から熱いものがこみ上げてくる。それはいつしか雄叫びとなっていた。

惣角は両手を天に向けて差し上げ吼《ほ》えていた。疲労は極限に達しているはずだったが、身体中に力がみなぎっている。

惣角は笑っていた。

返り血を浴び、自ら流した血で顔面を朱に染め、笑っていた。

そのとき感じていたのは狂おしいほどの歓喜だった。刀を捨て、血まみれの両手を高々と掲げた惣角は、一歩、また一歩と暴徒たちに近づいていった。

参考文献

『武田惣角と大東流合気柔術』　合気ニュース編集部　株式会社・合気ニュース刊
『幕末の会津藩家老　西郷頼母』　堀田節夫著　歴史春秋社刊
『秘伝古流武術』（雑誌）　一九九〇年vol. 1～一九九四年五月号　株式会社BABジャパン刊
＊一九九〇年から一九九二年までは季刊、一九九三年からは隔月刊
『ゼンリン住宅地図　会津坂下町・柳津町』　株式会社ゼンリン刊
『会津の群像』　小島一男著　歴史春秋社刊
『会津の心』　北篤著　ゴータマ社刊
『5千分の1　江戸・東京市街地図集成』　柏書房刊
『激動の記録　那覇百年のあゆみ』　那覇市企画部市史編集室編集・発行
『空手道大観』　仲宗根源和著　緑林堂書店刊
『廃藩置県当時の沖縄の風俗』（沖縄風俗図会復刻版）　月刊沖縄社刊
『沖縄文化史』　阿波根朝松著　沖縄タイムス社刊
『沖縄の空手道』　長嶺将真著　新人物往来社刊
『秘伝古流柔術技法』　平上信行著　愛隆堂刊
『日本伝承武芸流派読本』　新人物往来社編集・刊
『日本古武道総覧』　日本古武道協会十周年記念編集　島津書房刊

解説——明治は武術家の黄金時代である

夢枕　獏

本書の主人公、武田惣角《たけだそうかく》は、実在した明治時代の武術家である。

柔道の創始者である嘉納治五郎《かのうじごろう》と同じ年——万延元年（一八六〇年）に生まれている。

どちらも身長が低かった。

ぼくの調べたところでは、武田惣角が、身長一四六センチから一四八センチ。

嘉納治五郎の方が、惣角より一〇センチほど大きい一五六センチ。

明治三十三年（一九〇〇年）の成人男子の平均身長は、一五八センチであるから、治五郎にしても平均よりは低い。

ちなみに書いておけば、本書にも出てくる、小説『姿三四郎』のモデルとなった西郷四郎の身長は一五一センチ。

惣角ほどではないにしろ、やはり、低い。

治五郎と惣角が、本書では二度出会っている。

ふたりがこの頃《ころ》に出会ったという記録はないが、惣角は旅の途中に何度か東京を通っているはずであり、若い頃には東京にある榊原鍵吉《さかきばらけんきち》の道場で二年半ほど直心影流《じきしんかげりゅう》を学んでおり、ふたりが出会って闘ったということが、本書のごとくにあったとしても不思議はない。

ぼくも、前田光世《まえだみつよ》という明治時代の柔道家の話を、今、『東天の獅子』というタイトルで某誌に連載中である。柔道普及のため、海外に渡り、様々なレスラーやボクサーと闘った人物であり、たいへんにおもしろい。

三年以上も連載しているのに、まだ主人公の前田光世は出てこない。柔道の創成期の話を延々と書いているのだが、ぼくも治五郎と惣角を出会わせ、闘わせるというどきどきするアイデアを使わずにはいられなかった。

今野敏も書いているが、このふたりは対照的な武道家であった。

治五郎が、大学出の秀才であるなら、惣角は学問などしたことがなく、自分の名前も書けなかったと言われている。治五郎は道場を持ったが、惣角は道場を持たなかった。

しかし、共通しているのは、治五郎が祖となった柔道も、惣角が祖となった合気道も、今日、多くの人がその技を学んでおり、どちらも広く海外にまで普及している。

本書におけるふたりの闘いは、各々の性格が出ていてなかなかおもしろい。

いかにして、相手を倒すかについて、治五郎と惣角が議論をする。

惣角は、相手を倒す技――秘伝について、それは、教えられるものではないと考えている。

これに対して、たとえ、秘伝であろうと、技術である限り、それを教えることは可能であると治五郎は考える。

以下、治五郎と惣角の会話で、ふたりの個性がよく出ているところを、本文より引用しておく。


惣角はこたえた。「あれが術の間だ」

「術の間？」

「剣で言えば対《たい》の先を取ることだ。相手が仕掛けてきた瞬間にこちらも攻める。同士討ちのような間だが、位を取ればこちらが勝つ。技は決まらなければ意味がない。その技を決めるのが術だ。その術の部分は、どの流派でも秘伝、奥義とされている」

「位を取るというのはどういうことだ？」

「簡単に言えば、常に相手を圧倒することだ。相手の自由にさせないことだ」

「どうやってやるんだ？」

「それは、口ではなかなか説明できない。長年の修行の末に己で悟るものだ」

「己で悟れるものなら、それを説明できるはずだ。説明する工夫をしないのは、武道家の怠慢だ」

「たまげたやつだな。そんなことを言うやつには初めて会った」

「できるかぎりでいい。説明してみてくれないか」

どうだ。

なかなかおもしろいだろう。

読んでいても、どうなることかと先が読みたくなってしまうだろう。

この後に、その奥義を確かめるために、いよいよ治五郎と惣角が闘うことになるのだが、その結果は、本文の方で、お楽しみいただきたい。

作者の今野敏は、自身も武道をやっている実践者であり、道場も持っている。

今野敏ならではの、闘いの機微の描写は、読みごたえがある。

惣角と、沖縄の唐手家伊《い》志《し》嶺《みね》章《しょう》憲《けん》の闘いは、今で言えばバーリトゥードさながらであり、打撃に対していかに惣角が闘うかというあたりは、格闘技好きにはたまらないものがある。

どうなるかは、まだ本文を読んでいない方のために伏せておくが、その後、去ってゆく惣角にむかって、伊志嶺章憲が言う。


「なぜ、それほどまでに戦いにこだわる？　なぜ、戦おうとするのだ？」

「さあな……。だが、俺はこういう生き方しかできない」


まことにその通り。

武田惣角にとっては、いつも、日常が闘いの場であった。

まるで、抜き身の刃物のような男である。

この頃、江戸——東京には、多くの武術家がいたが、その中でも惣角はかなりの異端である。

そして、その異端ぶりがまたおもしろいのである。異様の人であった。

この惣角というキャラクターが立っているので、話はもう自在に展開できる。

本当に、格闘物を書く作家は少ないので、今野さん、またおもしろい格闘小説をぜひぜひ書いて下さい。

この作品は一九九七年一〇月、集英社より刊行されました。

今野 敏の本

山嵐《やまあらし》

戊辰戦争の余燼も冷めやらぬ会津の地から、ひとりの若者が上京してきた。五尺に満たない小兵ながら、その天賦の才を講道館創始者・嘉納治五郎に見出された彼は、柔道の修行を始める。独自の技「山嵐」を編み出し、講道館四天王のひとりに数え上げられるが……。『姿三四郎』のモデルとなった伝説の柔道家・西郷四郎の壮烈なる半生。

集英社文庫

今野 敏の本

琉球空手、ばか一代

強くなりたい！　ブルース・リーに憧れて空手道を歩みはじめた少年今野。手作り巻藁《まきわら》を突き、鉄下駄代わりに父親の下駄を履いての跳び蹴り特訓。気がつけば空手塾を主宰し、指導の合間に本業にいそしむ、立派な〝空手ばか〟になっておりました。文壇屈指の格闘家がつづる爆笑自伝エッセイ。五月女ケイ子の豪快なイラストも満載！

集英社文庫

集英社文庫

惣角《そうかく》流《る》浪《ろう》

2001年10月25日　第１刷　　定価はカバーに表示してあります。
2018年12月10日　第７刷

著　者　今野《こんの》　敏《びん》

発行者　徳永　真

発行所　株式会社　集英社
東京都千代田区一ツ橋2-5-10　〒101-8050
電話　【編集部】03-3230-6095
【読者係】03-3230-6080
【販売部】03-3230-6393(書店専用)

印　刷　凸版印刷株式会社

製　本　凸版印刷株式会社

フォーマットデザイン　アリヤマデザインストア　　マークデザイン　居山浩二

ISBN978-4-08-747372-8 C0193